Letzte Hoffnung Australien

Adelheid Bürkle

Letzte Hoffnung Australien

- Roman -

Herstellung und Verlag:
BoD- Books on Demand, Norderstedt
ISBN 9783752804300
erste Auflage: 06/2018

Bibliografische Information der Deutschen Nationalbibliothek:
Die Deutsche Nationalbibliothek verzeichnet diese Publikation in der Deut-
schen Nationalbibliografie; detaillierte bibliografische Daten sind im Internet
über http://dnb.dnb.de abrufbar.

© *2018 Adelheid Bürkle*

Dieser Roman ist rein fiktiv. Jegliche Ähnlichkeit mit lebenden oder toten Personen oder real existierenden Geschehnissen ist rein zufällig und nicht beabsichtigt.

Über die Autorin: Adelheid Bürkle schreibt seit ihrer Jugend und wirkt bei Lesungen und Anthologien mit. Seit 2009 schreibt sie auch viele Berichte und Artikel für einige Internetseiten. Einige dieser Berichte und Artikel wurden mit Preisen ausgezeichnet.

Von Adelheid Bürkle sind bereits die Bücher „… und ab geht die Post! – Tipps und Erfahrungen rund um Briefkontakte" sowie „Briefe an ein viel zu früh geborenes Kind" erschienen.

Letzte Hoffnung Australien
Autorin: Adelheid Bürkle
Satz: Adelheid Bürkle
Fotos: Adelheid Bürkle
Covergestaltung: Adelheid Bürkle
© 2018 by Adelheid Bürkle
Herstellung und Verlag: Books on Demand GmbH, Norderstedt

Gedankenverloren blickt sie über den Pazifik - jenes tiefblaue, nimmer endende Meer, das der Horizont ganz weit hinten verschluckt.

Die Strandtasche mit einigen Utensilien baumelt lässig in ihren schön geformten Fingern der linken Hand, die rechte trägt ein paar weiße Stöckelschuhe. Barfuß spaziert sie über den goldgelben Sandstrand des „Bondi Beaches". „Bondi Beach" - jener weltbekannte Strand Australiens in der Nähe der Millionenmetropole Sydney im Bundesstaat New South Wales.

Sie fühlt sich wieder gut, denkt sie. Und das beinahe ein Jahr nach dem fürchterlichen Unfall in den Schweizer Alpen. Sanft streicht sie über ihre Wangen. Der Schönheitschirurg hat wirklich gute Arbeit geleistet - nicht die kleinste Narbe spürt sie unter ihren Fingern, als sie zaghaft über ihre weiche Gesichtshaut fährt. Nach etlichen Wochen des Bangens, des Hoffens und der Angst, sie könne für immer entstellt sein, weiß sie, dass sie wieder gut aussieht.

Obwohl sie ihre Freunde von damals nie mehr wiedererkennen würden. Ihr einstmals braunes, glattes Haar trägt sie jetzt rabenschwarz - durch eine Dauerwelle in Form gebracht, in gleichmäßigen Wellen um ihren Kopf liegend.

Leicht rieselt der feine, goldgelbe Sand durch ihre Zehen – vorsichtig läuft sie darüber und versucht, nicht auf die durchsichtigen blauen „Shelly-Fish-Tiere" zu treten. Shelly-Fish - eine Quallenart, die massenweise an die australischen Strände gespült werden, um dort im gleißenden Sonnenlicht auszudörren, aller Lebenskräfte langsam beraubt zu werden. Ein beinahe grausamer Tod, aber der Lauf der Natur.

Sie lässt die Schuhe in den Sand fallen, die Strandtasche daneben, und setzt sich. Sicher stehen einige ihrer Habseligkeiten in zwei Koffern in einem Mittelklassehotel im Stadtteil Glebe.

Versonnen weilt sie am Strand, umringt von lachenden Australiern, die sich die Mai-Sonne auf die Körper scheinen lassen. Hier scheint der Sommer kaum ein Ende zu nehmen - hell überstrahlt die Sonne die ganze Szenerie - den gelben, weiten Sandstrand, der von großen, mondänen Hotels und anderen Bauten gesäumt ist.

Eigentlich sollte sie sich endlich wieder glücklich fühlen - die Frau, deren Lächeln einst Europa bezauberte. Sie, die Fürstin von und zu Blauberg-Schön, einem alten deutschen Adelsgeschlecht. Sie ist vielem entronnen, weil es notwendig war. Sie musste fliehen, weil eine Ehe mit ihrem jordanischen Freund vielen Leuten ein Dorn im Auge war. Sie musste fliehen, weil sie nach der Scheidung von Harro zu Blauberg-Schön nicht mehr in die europäische heile Welt des Hochadels passte. Jene Welt, die nur nach außen heil war, aber nach innen so unpersönlich und so steril wirkte.

Die von und zu Blauberg-Schöns, deren starre Etikette mit einem festgefrorenen Lächeln auf den Lippen sie fast zerstört hatten.

Die Welt, die sie einst sehr liebte, denkt, dass sie tot ist. Getötet bei einem Absturz vom Berg Piz Linard in der Schweiz. In einem Gebiet, in dem Berge in den Himmel hinauf ragen. So, als wollten sie die Sterne berühren.

Aber sie weilt bei schönem Wetter im Traumland „Down-Under", in der Nähe von Opernhaus und „Harbour Bridge", Kängurus und Koalas. Hier auf dem weiten Kontinent, den sie bereits bei ihrer Hochzeitsreise dorthin als glückliche Ehefrau von Fürst Harro zu Blauberg-Schön ins Herz geschlossen hatte. Aber sie fühlt sich hier wie ein Fremdkörper. Nicht, weil sie Deutsche ist und keine Australierin. Sondern weil sie immer noch mit vielen inneren Schmerzen zu kämpfen hat.

Der Kummer, ihre Kinder in Deutschland gelassen zu haben.

Zu arg nagen tiefe Wunden in ihrem Herzen, haben Löcher wie Krater hineingefressen. Man hat ihr nahegelegt, hier im fernen Australien ein neues Leben anzufangen. Als neue Person, nicht mehr als die Alexandra von Blauburg-Schön von einst. Sie genießt die Ruhe, die sie jahrelang nicht hatte. Sie genießt die Anonymität - die sie als Person des öffentlichen Interesses nie hatte. Sie wird nie mehr von Paparazzi verfolgt werden - sagte man nicht, man werde ihr behilflich sein, sich wieder ins normale Leben eingliedern zu können? Als eine von vielen, unbehelligt von Fotografen, Journalisten, gierigen Magazinlesern, denen der Sinn danach stand, sie auf unklaren Fotos mit Liebhabern zu erkennen, um sich einen Reim auf ihr Privatleben machen zu können.

Vor einem Jahr noch bummelte sie Hand in Hand mit Ali Ben Saba über einen abgeschiedenen Strand in Italien. So gut wie möglich abgeschottet von den geldgierigen Fotografen, die in ihren Motorbooten in sicherem Abstand mit gezückten Kameras startbereit auf der Lauer lagen, um wenigstens ein unklares Foto zu schießen. Ein Foto, für das so mancher Verleger Millionen auf den Tisch blätterte. Nur, um es dann in einem der vielen Massenblätter veröffentlichen zu können.

Aber dennoch waren sie und „ihr" Ali Ben Saba glücklich und unbeschwert. Zum ersten Mal seit langem schmiedete sie wieder Zukunftspläne. Ali Ben Saba hatte ihr die Sterne vom Himmel versprochen. Zur Krönung ihrer Liebe verbrachten sie so viel Zeit wie möglich miteinander auf Ali Ben Sabas schnittigem Motorboot. In England suchten sie fleißig nach einem Haus, in dem sie ihre Zukunftspläne verwirklichen konnten.

Ja - damals schien die Welt noch in Ordnung zu sein. Bis zu jener katastrophalen Bergtour in den Schweizer Alpen, der das mühsam konstruierte Gebäude ihres persönlichen Glücks in Schutt und Asche legte. Jemand hatte sie vom Berg gestoßen...

Nun ist ihr Äußeres komplett verändert. Was sie hier in Australien anstrebt, sind ein geordnetes Leben, eine geregelte Zukunft. Sie streicht über ihre Haare und lächelt.

Das Lächeln, das einst Millionen verzauberte. Das Lächeln, das das trügerische Bild einer Märchenprinzessin schuf, die innerlich aber so todunglücklich war.

Ja, niemand würde sie mehr erkennen, wenn er ihr auf der Straße begegnen würde.

Niemand - es sei denn, er sähe dieses Lächeln.

Bondi Beach – einer der bekanntesten Strände der australischen Stadt Sydney

Endlich vorbei!", denkt Gary Sheringham, als er sich in die braun-weiß-karierten Polstersitze seines marineblauen „Golf-Sportsvans" fallen lässt. Die Arbeit im Einkaufsbüro des „Dritten Sydneyer Polizeidistriktes" macht ihm schon längst keinen Spaß mehr. Die Aufstiegschancen sind gleich Null, die Arbeit plätschert dahin im täglichen Einerlei eines längst bekannten Fahrwassers. Es gibt keinerlei Herausforderung, Tag für Tag droht ihn, noch mehr in seine persönliche Einsamkeit zu reißen wie ein unerbittlicher Strudel.

Abends verläuft sein Leben kaum anders. Gähnende Leere empfängt ihn in seinem spärlich eingerichteten Apartment, das gerade mal aus einem Bett, einem Tisch, zwei Stühlen, einem Kleiderschrank, einem Fernseher und einer Küche und Bad besteht. Ein schmales Holzregal mit einigen wenigen Büchern zeugt von seiner Gesinnung. „Jesus - heute noch aktuell?", „Das Vaterherz Gottes" und „Jesus - unser Schicksal" liest man auf einigen der abgegriffenen Buchrücken.

Kein Zweifel - Gary ist Christ.

Aber heute fühlt er sich wieder besonders einsam. Das Gefühl der Einsamkeit nagt an seiner Seele wie eine Ratte an altem Brot. Dabei sollte er doch als Christ nicht einsam sein, hat nicht Jesus verheißen, bei jedem Christen zu sein?

Doch andere Christen haben eine Ehefrau, und die hat Gary nicht. Eigentlich dachte er immer, als Christ habe er keinerlei Probleme, eine Frau zu finden. Gläubige Frauen gäbe es doch dutzendweise in jeder Gemeinde. Doch die, die er fand, waren schon mit anderen Männern liiert oder sogar verheiratet. Es schien beinahe, als solle es Gary nie gelingen, eine Frau zu finden. Als solle er sein ganzes Leben lang ein Single bleiben. So wie Paulus zum Beispiel.

Gary seufzt. Er beneidet Paulus. Für ihn schien die Einsamkeit gut erträglich, aber Gary sehnt sich heute wie nie nach einer Partnerin fürs Leben.

Aber wozu gibt es denn Kontaktanzeigen? Die Zeitschrift „Christianity today" bietet Woche für Woche eine Ecke für Anzeigen - und es scheinen von Ausgabe zu Ausgabe mehr Leute zu werden, die einen Partner suchen. Anscheinend kämpft nicht nur Gary mit demselben Problem.

Und deswegen hat er letzte Woche eine Anzeige unter „Chiffre" in dieser Zeitschrift platziert.

Das ist seine letzte Hoffnung, an die er sich klammert wie an einen Strohhalm.

In einem ausführlichen Gebet dankt er seinem Schöpfer für die Möglichkeit einer Kontaktanzeige und bittet um einige ernstzunehmende Zuschriften. Zuschriften von Christinnen, unter denen doch eine die Frau fürs Leben sein möge. Anschließend setzt er sich vor seinen Fernseher, um die „ABC-News" (Nachrichten im Fernsehprogramm ABC) anzuschauen.

3. Kapitel: Opernhaus

Alexandra stochert lustlos in ihrem Frühstück. Für ein Mittelklassehotel schmeckt das Frühstück leider nur mittelmäßig. Sie vermisst ihr morgendliches Müsli. Die vorgesetzten Rühreier sind zu wässrig, die Tomaten und Pilze angebrannt. Aber sie wird sich nie bei der Hotelverwaltung beschweren.

Vielleicht sollte sie ihrem Anwalt sagen, er solle sich beschweren.

Seufzend erhebt sie sich, auf ihrem Teller liegen noch die traurigen Reste des verschmähten Frühstücks. Zurück im Zimmer bürstet sie ihre Mähne mit einem Strähnenkamm. Das weiße T-Shirt mit der Aufschrift „Sydney 2000" flattert munter um ihre Wespentaille. Schlank war sie schon immer, schlecht sieht sie trotz der gravierenden Veränderungen in ihrem Gesicht nicht aus.

Wie geht es wohl Ali Ben Saba? Man sagte ihr, er sei tot. Abgestürzt, genauso wie sie. Aber sie glaubt niemandem.

‚Ali Ben Saba', denkt sie. Vielleicht lebt er noch. Irgendwo versteckt, irgendwo anonym, damit sie ihn nie wieder findet.

Weil es nicht passend für ihr Bild in der Öffentlichkeit war, dass sie mit einem Moslem glücklich wurde. Sie wusste, dass diese Verbindung viele Feinde auf sich zog, aber sie ahnte nie, dass alles in diesen schrecklichen Unfall ausufern würde.

Eine Häufung unglücklicher Ereignisse, die sich alle an jenem warmen Augustabend zusammenballten. Einem Abend, an dem sie und Ali Ben Saba zum letzten Mal glücklich waren.

Sie denkt an Harro und Petra. Petra, die ihre Ehe zerstört hatte. Sie verscheucht den Gedanken an ihre ehemalige Nebenbuhlerin mit einer unwirschen Handbewegung. So, wie man eine lästige Fliege verscheucht.

Harro weilt glücklich in Deutschland, genießt jeden Morgen ein Rührei mit Schinken und Tomaten. Vielleicht noch angereichert mit einem Paar Schweinswürsten - wer weiß. Dazu eine gute Tasse Kaffee im Kreise seiner Eltern. Und sicherlich verschwendet er kaum noch einen Gedanken an sie - Alexandra, einst Prinzessin von und zu Blauberg-Schön. Also sollte sie aufhören, auch an ihn zu denken.

Das ist allerdings leichter gesagt, als getan. Zur Ablenkung beschließt Alexandra, ihre Lieblingssehenswürdigkeiten in sich aufzusaugen. So, wie ein trockener Schwamm herrlich klares Wasser in sich aufsaugt. Endlich muss sie schwimmen lernen - allein in einem fremden Land.

Marilyn Benton-Stout. So nennt sie sich jetzt. Sie klappt ihren neuen Reisepass wieder zu. Es ist ein britischer Pass. Den Pass, den ihr der Anwalt besorgte.

Es wird Zeit, dass sie ihn wieder trifft, um weitere Schritte mit ihm zu besprechen. Schritte, die aus ihr einen normalen Menschen in dieser einstigen Kolonie Großbritanniens machen sollen.

Aber zuerst einmal fährt sie mit der Bahn nach „Circular Quay", einen berühmten Platz am riesigen Hafen von Sydney, an dem die Fährschiffe rund um die Uhr anlegen. Sie sieht sich um - Menschen aller Nationalitäten sprudeln lärmend aus den U-Bahn-Schächten und von der Anlegestelle. Und dort drüben erblickt sie das weltberühmte Opernhaus!

Langsam schlendert sie dorthin, lässt sich eine sanfte Meeresbrise leicht um die Nase wehen. Der Hafen von Sydney ist riesig, man benötigt viel Zeit, um die zahlreichen Buchten zu erkunden, durch das Gebüsch zu schlendern und den atemberaubenden Ausblick zu genießen.

Sie atmet die würzige Meeresluft ein - wie Lebenselixier. Und sie hört das Plaudern etlicher Menschen und das Schreien einiger Möwen. Jedoch schneidet ihr der Anblick vorbeischlendernder Pärchen unerwartet tief ins Herz. Wie sie sich liebevoll gegenseitig anlächeln, fest ihre Hände drücken und wie sie im Gleichklang nebeneinander spazieren! Genau wie Ali Ben Saba und sie vor einem Jahr ...

Vielleicht sollte sie sich nach einem Mann umsehen. Nach einem soliden Australier, der treu und nett ist. Sie sollte sich darüber mit ihrem Anwalt unterhalten.

Sie will sich ihre Laune nicht verderben lassen! Aber ihre Vergangenheit, der Geruch dessen, was sie um des lieben Friedens willen, des unbefleckten Ansehens der Blauberg-Schöns willen, verlor, begegnet ihr unwillkürlich auf Schritt und Tritt.

Wieder steht Alexandra vor dem Opernhaus und verharrt zunächst in andächtigem Staunen. Dieses Gebäude ist in Wirklichkeit beeindruckender, größer und schöner als jeder, der es nur von Fotos her kennt, es sich jemals vorgestellt hat.

Heute allerdings scheint dieses imposante Gebäude seinen Reiz verloren zu haben. Jedenfalls für Alexandra. Liegt es daran, weil sie so viel verloren, so viel erlebt, so viel geopfert und hinter sich gelassen hat?

Ansonsten strahlt das Opernhaus mit seiner eigenwilligen Architektur einen besonderen Charme aus. Majestätisch thront es am Bennelong Point, gegenüber der „Harbour Bridge", auf einer der Landzungen im riesigen Hafen der interessantesten Stadt Australiens. Weiße, ineinandergestapelte, geöffnete Muschelhälften machen den Reiz des Opernhauses aus. Dieses Bauwerk ist einmalig auf der ganzen Welt.

Heute bricht sich das gleißende Licht des Sonnenscheins in Tausenden von weißen Facetten. Facetten wie gleichmäßige Puzzleteilchen, aus denen jede Muschelhälfte zusammengesetzt ist.

Sie steigt die breite Treppe mit ungefähr siebzig Stufen zum Haupteingang hinauf. Oben angekommen, schweift ihr Blick über die Wolkenkratzer Sydneys, „Circular Quay" und schließlich „The Rocks", das älteste Viertel der Stadt.

Alexandra schlendert zur Rückseite des Opernhauses. Ihre Stöckel klappern über das Pflaster, ihre schlanke, elegante Erscheinung zieht einige wohlwollende Blicke auf sich. Nein, sie wirkt nicht wie eine Touristin in Jeans oder Rucksack, sie wirkt wie eine „Sydneysiderin" - so, wie sich die Bewohner Sydneys gerne bezeichnen. Und so soll es ja sein, dies ist ihr Wunsch.

Sie entdeckt weitere Eingänge, die zu dunkelrotem Samt ausgekleideten Fluren mit einzelnen Garderobenhaken oder einem einsamen Klavier führen. Nur durch die riesigen dreieckigen Fenster, die mit breiten braunen Stäben vergittert sind, lässt sich ein ausführlicher Blick ins Innere erhaschen. Wer die riesigen Hallen jedoch genauer erkunden will, muss sich bereits Monate vorher Konzertkarten besorgen.

Alexandra steht dazu nicht der Sinn. Sie will nur vergessen, weil sie vergessen muss. Sie will ein neues Leben anfangen, weil sie keine andere Wahl hat.

„Wir werden Ihnen helfen, in Australien Fuß zu fassen", sagte ihr Anwalt Mr. Barnes, der sie im Züricher Krankenhaus und später in einem Londoner Spital besuchte. „Allerdings müssen Sie eine Voraussetzung erfüllen: Die Alexandra, die Sie einst waren, ist tot. Sie erhalten eine neue Identität, Sie leben in einem anderen Land - weitab von Deutschland. Und wir - meine Mitarbeiter und ich – sorgen dafür, dass Sie unbehelligt Fuß fassen können, dass Sie ein normales Leben führen können!"

Im Moment scheint ihr die Zukunft noch wie ein dicker Nebel, der oft über London hängt und angeblich an der schlechten Laune mancher Briten Schuld ist. Was wird sein, wird sie einen Partner finden, wird sie arbeiten? Augenblicklich stellt sie auch Sydney mit seinen zahlreichen Sehenswürdigkeiten nicht zufrieden. Alle scheinen nur hohle Fassaden zu sein, die ihre Fragen nicht beantworten.

Sie lehnt am Geländer und betrachtet zum wiederholten Male die Aussicht auf Sydney, den riesigen Hafen und die vielen Ausflugsschiffe, auf denen etliche fröhliche und lachende Menschen weilen. Menschen, die ihre Identität nicht ändern mussten, Menschen, die im Fahrwasser des täglichen Einerleis dahinplätschern - Menschen, die oft gar nicht wahrhaben wollten, wie gut sie es haben.

Menschen, die sie – Alexandra - oft beneideten. Um ihren Aufstieg von der unbekannten Krankenschwester zur Märchenprinzessin. Zur Märchenprinzessin, die nur viele allzu gern auf den Titelbildern der Klatschzeitschriften sahen.

Sie schüttelt ihren Kopf. Gerade fühlt sie sich schrecklich einsam - obwohl sie inmitten der sprudelnden Metropole Sydneys steht.

Menschen aus aller Welt spazieren mit ihren Kameras in jede Richtung und fotografieren beinahe jeden Ausblick. Einige

Touristen verschwinden im unterirdischen Andenken-Laden. Nach einiger Zeit kehren sie wieder zurück - mit glücklichen, leuchtenden Gesichtern und prall gefüllten blauen Plastiktüten mit Opernhaus-Aufdruck.

Leicht schwebt Alexandra die Stufen hinab und schwenkt nach links in den botanischen Garten.

„Das wäre etwas für meine Kinder", schießt es durch ihren Kopf, als sie an Pflanzen aller Arten aus vielen Ländern vorbeibummelt und in einigen Metern Entfernung ein schwarzes Metallpferd sieht. Ein Pferd, das inmitten des üppigen Grüns steht. Ein Pferd, auf das manch kecker Junge hinaufsteigt, um sich dann stolz als „Reiter des wilden Outbacks" zu präsentieren. Plötzlich tuckert durch das Blumenmeer eine kleine Eisenbahn – voll besetzt mit munteren Kindern, die sich schwatzend auf den mit rotem Kunstleder bezogenen Sitzen lümmeln oder eifrig ihre Köpfe in alle Richtungen strecken.

Auf einmal kann sich Alexandra nicht mehr beherrschen. Sie rennt mit tränenverschleierten Augen in Richtung „Lady Macquarie's Chair", einem Aussichtspunkt am äußersten Ende des Gartens. Aus dem Blickfeld der lachenden, ausgelassenen Kinderschar. Nein, das ist zuviel - diese Szenerie erinnert sie zu sehr an ihre Kinder, die sie in Deutschland zurücklassen musste.

Vor einem der atemberaubendsten Ausblicke der Welt - dem Opernhaus und der „Harbour Bridge" in trauter Harmonie vereint, setzt sie sich atemlos hin, während der Wind sanft mit ihren schwarzen Locken spielt. Gott fällt ihr wieder ein - jener Gott aus lange vergangenen Kindertagen, oft so fern und so unerreichbar. Bei Hofe - im Palast der Blauberg-Schöns - hatte sie Gott oft vergessen, Ihn außer Acht gelassen. Was stellte denn Gott noch dar neben solch vielen anderen Religionen, auf die der moderne Mensch Zugriff hatte? Ihr - Alexandra - waren die Ratschläge einer Astrologin wertvoller gewesen als eine Beziehung zu Gott.

Aber nun tritt Er wieder in ihre Gedanken, so übermächtig, so greifbar nahe, dass sie folgendes Gebet flüstert:

„Gott, wenn es Dich gibt, dann gib mir eine neue, lebenswerte Zukunft. Eine Zukunft, die es wert ist, dass ich mein ganzes vorheriges Leben, meine Kinder und meine ganze Identität aufgegeben habe. Vielleicht siehst Du, wie zerstört meine Gefühle sind. Bitte lasse mich wieder richtig Freude empfinden können!"

Opernhaus in Sydney (Australien)

W as für eine Verschwendung!", denkt Rechtsanwalt Barnes bereits mindestens zum vierzigsten Male, als er im spärlich besetzten Gottesdienst der modernen Kirche am „Little Bay" sitzt. Dabei ist die Predigt nicht allzu schlecht, und Rechtsanwalt Barnes findet es beruhigend, nach einigen Monaten wieder einmal Zeit für einen Gottesdienst zu finden. Schon als Kind hatten Kirchen ihn immer beruhigt. Auch wenn kein Pfarrer und kein Priester es schafften, aus ihm einen gläubigen Christen zu machen - so achtet er immer noch darauf, ab und an einen Gottesdienst zu besuchen.

Verschwendung - damit meint er seine Mandantin Alexandra und ihr Verschwinden aus Deutschland. Es war kein Verschwinden, keine Flucht im üblichen Sinne. Nein, hier wurde die Identität einer berühmten Persönlichkeit vollständig ausgelöscht. Er musste es tun - auf Wunsch der fürstlichen Familie, vielleicht auch auf Wunsch einiger Moslems, die eine Verbindung zwischen Alexandra und Ali Ben Saba einfach missbilligten. Dabei hätte Alexandra noch so viel für ihr Land tun können - sogar das Ansehen der Blauberg-Schöns aufpolieren, die doch eher als verschroben und altmodisch galten.

Was für ein Glück, dass es Australien gibt, in dem jemand mit einem britischen Pass und einem Visum immerhin zwölf Monate geduldet wird, sogar eine Arbeit finden darf, ohne gleich des Landes verwiesen zu werden. Viele andere Nationalitäten genießen diese Vorteile kaum. Diese Sondervereinbarung zwischen Australien und Großbritannien erleichterte den „Umzug" Alexandras von einem Land ins andere ungemein, wobei sie natürlich lange nicht so viele Habseligkeiten mitnehmen konnte, um keinen Verdacht zu erregen, dass sie noch am Leben sein könnte.

Rechtsanwalt Barnes wird von der fürstlichen Familie reichlich entlohnt, und dafür möchte er seine Arbeit gewissenhaft und tausendprozentig erledigen. Nach dieser Aufgabe - so schwört er sich - wird er seine Frau auf eine Weltreise mitnehmen. Sie haben es sich verdient, jedoch bisher weder Zeit noch Geld dafür aufbringen können. Aber bald wird es soweit sein.

Heute müsste er sich wieder bei Alexandra melden, schießt es ihm durch den Kopf, während er den Pfarrer im weißen Gewand beobachtet, der gerade die Predigt beendet und beginnt, das Abendmahl auszuteilen. Hat er - Barnes – überhaupt ein Recht, das Abendmahl zu sich zu nehmen? Obwohl er ein eifriger Kirchgänger - jedenfalls, was die heutige Zeit anbetrifft - zu sein scheint, windet er sich innerlich. Ist sein Herz rein, ist er sündlos, dass er mit gutem Gewissen die Oblaten, die den Leib Christi symbolisieren, zu sich nehmen darf? Er schüttelt den Kopf - seine derzeitige Aufgabe mit Alexandra macht es ihm besonders schwer, sich überhaupt als Christ zu fühlen.

Sein Blick gleitet flüchtig über die moderne Holzverkleidung der Kirche. Sanftes Licht flutet durch die bunten Fenstermosaike auf den weißen Marmorboden. Hastig legt er sein Gesangbuch auf den Sitz neben ihn, als ihn auf einmal der Blick des Pfarrers trifft.

„Warum kommen Sie nicht nach vorne und nehmen auch das Abendmahl ein?", scheinen seine Blicke zu sagen.

Aber Barnes ist nicht nach Abendmahl zumute, und auf einmal scheint ihn auch die Leere der Kirche zu bedrücken, seine Schuld lastet schwer auf ihm. Die Schuld, Zeuge eines Komplotts zu sein, über den er nie etwas erzählen darf. Jedoch ist er jetzt zu weit vorgeschritten, auch lockte das Geld - und sein Gewissen ist nicht rein genug für ein Abendmahl. Ist es unchristlich, auf was er sich da eingelassen hat? Was aber ist „christlich" - wo beginnt die Grenze?

Verwirrt steht er auf, glättet seinen grauen Anzug, rückt seine Krawatte zurecht und weicht dem erneuten Blick des Pfarrers aus. Dann flüchtet er nach draußen, hetzt auf den Strand hinter der Kirche. Dem Strand hinter der kleinen verträumten Bucht „Little Bay", auf dem einige Australier ihre großen Hunde frei herumspringen lassen. Obwohl dies eigentlich verboten ist.

Die ganze Szenerie erinnert Barnes ein bisschen an Irland, wo noch einige seiner Verwandten leben, die er schon seit etlichen Jahren nicht mehr gesehen hat. Graue, scharfe Felsen trotzen dem dunkelblauen Wasser des Pazifiks, der gnadenlos dagegen klatscht. Aber die Wucht der Wellen kann diese Felsen nicht bezwingen, prallt mit weißer Gischt darauf ab, und das Wasser wird wieder von der Flut hinweg gesogen. Wie in einen überdimensionalen Staubsauger.

In dieser Umgebung findet Barnes die Ruhe zum Nachdenken. Und nach einiger Zeit zieht er sein Handy aus der Tasche seiner Anzugjacke und wählt die Nummer des Mittelklassehotels in Glebe, in dem Alexandra wohnt.

5. Kapitel: Gottesdienst

Gary hat ausgezeichnet in seinem Wasserbett geschlafen und erwacht, frisch gestärkt, in der klösterlichen Eintönigkeit seines Apartments. Zum Frühstück schlürft er „Bushell's Kaffee", lösliches Pulver, das man mit Wasser übergießt. Dazu isst er australischen Toast mit australischem „Blue Gum Honey" - also Honig von einer bestimmten Sorte von Eukalyptusbäumen - und „Vegemite", den dunklen, pflanzlichen Brotaufstrich. Die Australier sind mit Recht stolz auf ihre Produkte, und Gary ist es auch.

Mit seinem Golf fährt er zu einem großen roten Backsteingebäude aus dem letzten Jahrhundert. Mancher hätte als Sitz dieser Freikirche eher eine Kirche mit spitz zulaufendem Turm erwartet - und zeigt sich erstaunt, an diesem eher gewöhnlichen Gebäude ein Schild mit der Aufschrift „Baptist Church" zu sehen.

Die baptistische Kirche hat das Gebäude angemietet. Gary und die anderen Mitglieder der Gemeinde drängen sich in einen großen Raum, in dessen Fenster sanft das Licht der Morgensonne fließt. Helle Stuhlreihen laden zum Verweilen ein. Vorne stehen eine elektronische Orgel und eine Kanzel mit Mikrofon. Alles wirkt modern. Der Hauch verflossener Jahrhunderte, der vielen Kirchen in Europa anlastet, fehlt hier gänzlich.

Gary setzt sich beinahe immer an denselben Platz. Neben die Hubers, eine nette Familie, die vor etlichen Jahren von Deutschland nach Australien auswanderte und hier sogar Fuß fasste. Etwas, das nicht selbstverständlich für Auswanderer war und ist.

Die Reihen füllen sich mit vielen lächelnden Menschen. Menschen, die sich zuerst freundlich begrüßen und die Hände schütteln, bevor sie Platz nehmen. Jeder kennt hier jeden - man fühlt sich wie in einer großen Familie.

Einige Menschen laufen durch die Reihen und schütteln Garys Hand. „Guten Morgen, Gary! Schön, dich zu sehen!"

Er lächelt. Aber was ihm teilweise bitter aufstößt, ist, dass er noch keine Partnerin hat. Viele lächelnde Paare sind unter den Besuchern, einige bringen sogar ihre Kinder mit in den Gottesdienst.

Halb zehn. Der Gottesdienst beginnt. Pete, ein junger Australier, Elektroingenieur im täglichen Leben, greift in die Tasten der Elektro-Orgel, und die Gemeinde schmettert ein Lied aus einem dicken blauen Gesangbuch.

Es folgt die Einleitung durch Pastor Geddes. Er kündigt Bibelabende an und spricht kurz über sonstige Aktivitäten in der Gemeinde. Heute Nachmittag soll ein Kindernachmittag stattfinden - nach einem leckeren gemeinsamen Mittagessen, zu dem jedermann eingeladen ist.

Gary runzelt die Stirne. Soll auch er am Mittagessen teilnehmen? Konkrete Pläne für heute Nachmittag hat er keine, und seine leere Wohnung ödet ihn an. Ein Mittagessen in der Gemeinde wäre immerhin besser als alleine im Park zu sitzen. Er ist sich nicht schlüssig, was er tun soll, und verschiebt die Entscheidung ein wenig.

Ein Chor jubiliert - die Gemeinde staunt, welch' harmonische Weisen Mr. Macquarie, der Chorleiter, in stundenlanger, zäher Kleinarbeit mit seinen Sängerinnen und Sängern eingeübt hat. Sie singen - ein-, zwei- und sogar einmal vierstimmig.

Jedoch die Predigt fesselt Gary am meisten - wie auch die anderen Gemeindeglieder. Pastor Geddes stellt sich an die Kanzel, ordnet seine Krawatte und streicht sich über die schwarze Anzugjacke.

„Liebe Gemeinde!" Er blickt in die Runde seiner Schäfchen. Leicht streift das Sonnenlicht seine grauen Strähnen und lässt sie leuchten wie silberne Lametta-Fäden. „Sind auch Sie jemals durch braun gebranntes, ausgedörrtes Gelände geschritten?

Ich meine nicht das Gelände, das wir in Australien fast vor der Haustüre haben - oft eine nicht enden wollende Wüste mit wenigen Grashalmen und nur ab und zu einem Eukalyptusbaum. Nein - auch geistig können wir manchmal durch solche Gegenden schreiten. Gegenden ohne Halm, ohne jegliche grüne Blätter. Aber lassen Sie mich den Landschaftsvergleich weiterführen. Alles starrt uns nur welk und dürr entgegen - tiefe Risse geben der Landschaft ein chaotisches Aussehen. Jegliches Leben scheint völlig erstorben zu sein.

Und gnadenlos brennt die Sonne weiter, als habe sie sich verschworen, nie wieder Leben aufkeimen lassen zu wollen. Plötzlich ziehen graue Wolken auf. Es nieselt und tröpfelt - und dann bricht der lang ersehnte Regen über die steinharte Wüste. Auf einmal zeigt sich hier und da ein grünes Gras, ein Blatt, ein Halm. Und in wenigen Tagen ist die leblose Wüste wie ein grüner Teppich."

Der Pastor nimmt einen Schluck aus seinem Wasserglas und fährt fort:

„Kennen auch Sie Zeiten geistiger, ja sogar geistlicher, Dürre in Ihrem Leben? Mühevolle Zeiten? Voller Seufzen und Resignation? Zeiten, in denen jegliches geistliches Leben auf 'Sparflamme' brennt? Vielleicht haben Sie keine Erklärung dafür, und dennoch ist es so. Wie sehr sehnen Sie sich nach einer geistlichen Erfrischung. Nach neuen geistlichen Segnungen und nach Erquickungen der Seele. Aber, wohin wir auch blicken, keine Wolke am Horizont.

Doch heute lässt Ihnen der Herr aus Seinem Wort zurufen:

'Du schüttest, oh Gott, einen reichlichen Regen herab.' (Psalm 68,10).

Die geistliche Dürre in unserem Leben ist auch der Hinweis dafür, dass der Zustrom des Quellwassers unterbrochen ist. Dies rührt nicht so sehr daher, dass wir uns allzu sehr abgemüht haben, unser Ziel zu erreichen, sondern gerade daher, dass wir unser Ziel nicht erreichten. Wir haben vielleicht eine berufliche Niederlage erlitten. Unser Kollege hat die begehrte Abteilungsleiterstelle bekommen und nicht wir. Oder eine Freundschaft zerbrach - vielleicht sogar eine Partnerschaft, derer wir uns so sicher waren.

Dann keimt in uns das bittere Bewusstsein des Versagens auf:

'Ich habe es nicht geschafft!'

Es ist das Gefühl innerer Lähmung, die fatale Art von Müdigkeit, die uns die Gebetshände lähmen will. Sie brauchen eine neue Erquickung! Und hören Sie: sie ist da! Für Sie ganz persönlich ist der reichliche Regen bestimmt – Segnungen, die der Herr für Sie bereitet hat. In diesem Moment ist der 'Regen' nicht für grüne Auen und herrliche, saftige Wiesen bestimmt, sondern für dürre Steppen - für ausgedörrtes Land.

Er ist nicht für die Verdienstvollen, sondern für die Bedürftigen. Es ist ein reichlicher Regen, der alle Ihre geistlichen Bedürfnisse stillen wird."

Geistliche Bedürfnisse? Gary wird - wie schon so oft - von den kraftvollen Worten des Pastors mitgerissen. So sehr hatte ihn jedoch eine Predigt lange nicht mehr interessiert. Hier geht es um mehr - nicht um dahinplätschernde Phrasen. Sollte Gott endlich sein Gebet nach einer Partnerin erhören?

Gary wusste lange nicht, dass man wirklich geistliche Bedürfnisse haben kann. Jedoch - als sein Wunsch nach einer Partnerin immer mehr aufkeimte - wurden ihm diese nur allzu schmerzlich bewusst. „Geistliche Bedürfnisse" - nannte man nicht auch so die Leere, die viele Menschen empfinden?

Menschen auf der Suche nach dem Sinn des Lebens. Menschen auf der Suche nach Gott. Aber selbst, wenn man Gott gefunden hat, hört irgendeine Suche nie auf. Die Suche nach dem Angesicht Gottes zum Beispiel. Die Suche, Ihm immer ähnlicher zu werden, die Suche, Ihm jeden Tag sein Leben neu zu weihen.

Gebannt lauschen Gary und die Gemeinde den weiteren Ausführungen von Pastor Geddes:

„Sie sollen nicht länger ausgemergelt Ihre Tage fristen. Der Herr möchte, dass Sie saftvoll und grün, in geistlicher Frische Ihre Zeit auf Erden leben.

Sind Sie Jesu Eigentum? Gehören Sie Ihm wirklich mit allen Fasern Ihres Herzens? Dann sollen Sie wissen, dass Ihr Herr, der Herr allen Lebens, keine geistlich ausgedörrten Leute um sich sammeln will, um sie in diesem Zustand zu lassen. Nein, Er möchte Sie erfrischen, aufrichten. Alles andere verunehrt Seinen Namen.

Dass es dürre Zeiten gibt, wissen wir zur Genüge. Zeiten, in denen uns vielleicht die Bibellese und das Gebet oder das Zeugnisgeben und der Einsatz für unseren Herrn Jesus besondere Mühe machen.

Doch ebenso sicher ist, dass es nicht so bleiben muss und bleiben wird, wenn Sie Ihre ganzen Erwartungen einzig und allein in den Herrn Jesus Christus setzen. In Ihm haben Sie Fülle.

Schauen Sie nicht auf den Segen, sondern auf den Segnenden. Das bewahrt Sie vor Enttäuschungen und seelischer Überhitzung und mangelnder Nüchternheit.

Suchen Sie jetzt Sein Angesicht in der Stille. Herzlich sind Sie eingeladen, sich mit Seinem Segen reichlich überschütten zu lassen. Sagen Sie Ihm, was Ihnen fehlt, wo Sie der Schuh drückt, wo in Ihrem Leben Mangel herrscht. Und glauben Sie daran, dass Er es recht machen wird. Auch wenn unsere Wünsche manchmal nicht so erfüllt werden, wie wir es wollen. Seien Sie sich aber immer sicher: Ihr Glaube wird belohnt."

Der Pastor hält inne in seinem Redestrom und blickt in bewegte Gesichter:

„Ich weiß, dass ich mit dieser Predigt vielen Leuten aus der Seele gesprochen habe. Eigentlich hatte ich einen anderen Text vorbereitet - aber der Herr ließ mich nicht in Ruhe. Und ich habe mich überzeugen lassen, das Thema kurzfristig zu ändern." Er lächelt. „Es war ein bisschen hektisch - aber ich denke, ich konnte das zum Ausdruck bringen, was gerade wichtig ist."

Gary nickt unmerklich. Auch etliche in der Gemeinde sind berührt. Man singt das Schlusslied und erhebt sich anschließend zum Segen. Der Gottesdienst ist vorbei.

Gary ist innerlich sehr aufgerüttelt, dass er beschließt, eine ruhige Gebetszeit in einem der riesigen Parks in Sydney zu verbringen. Das Essen in der Gemeinde wäre heute nicht das Richtige.

Darling Harbour mit der Skyline von Sydney

6. Kapitel: Begegnung

Erstaunt blickt Gary auf den adretten Herrn, der sich ihm gegenüber an den Tisch im Café „The Big Harbour" setzt.

„Guten Tag, Sie sind Gary Sheringham, nicht wahr?"

„Ja - woher wissen Sie das?", fragt Gary.

Verwirrt blickt er um sich. Er erwartete eine Marilyn Benton-Stout, die ihm auf seine Anzeige geantwortet hatte. Endlich ein Rendezvous, um vielleicht eine Partnerin fürs Leben zu finden.

„Ich komme im Namen von Marilyn. Darf ich mich vorstellen - mein Name ist Barnes. Jack Barnes!" Er streckt Gary freundlich seine Hand hin, und Gary ergreift sie.

„Ich verstehe immer noch nicht. Ist Frau Benton-Stout etwas passiert?"

„Nein, nein." Herr Barnes lächelt. „Lassen Sie mich alles erklären. Eines vorab. Es geht alles mit rechten Dingen zu. Ich vertrete Frau Benton-Stout. Nicht nur in rechtlichen Angelegenheiten, sondern auch ...." Er stockt, als eine Kellnerin seine Bestellung aufnehmen will, und verlangt eine Tasse Kaffee. „... in anderen Dingen. Zum Beispiel Partnerschaft."

„Hat man Frau Benton-Stout entmündigt?"

„Nein, nein, bitte lassen Sie mich alles erklären!"

Gary nickt ergeben und steckt die Zeitschrift „Economy", die er als Erkennungszeichen neben sich platziert hatte, in seine Tasche. Herr Barnes hat ihn aufgrund dieses Zeichens ausfindig gemacht, Frau Benton-Stout scheint verhindert - also hat die Zeitschrift ihren Dienst erfüllt.

„Okay - schießen Sie los!" Er nippt an seinem starken Kaffee, dessen Duft verführerisch in seine Nase kriecht.

„Ich suche für Frau Benton-Stout einen zuverlässigen Partner, der mit ihr ein ganzes Leben zusammenbleibt. Es handelt sich hierbei nicht um eine Scheinheirat. Frau Benton-Stout beherrscht durchaus die englische Sprache, und sie soll in Australien Fuß fassen, um sich von einem Schock zu erholen."

Gary nickt. „Ich verstehe. Aber wie kommen Sie dabei ausgerechnet auf mich? Und warum muss die Dame heiraten?"

„Die Dame muss nicht heiraten - sie will heiraten. Sie braucht einen Menschen, der mit ihr durchs Leben geht. Frau Benton-Stout ist finanziell bestens abgesichert - sie wird ihrem Ehemann nicht auf der Tasche liegen - seien Sie unbesorgt."

Gary zieht hörbar die Luft ein. Die Dame scheint eine gute Partie zu sein, nicht jemand, der ihn finanziell schädigen will. Aber trotzdem ...

„Sie haben meine Frage nicht beantwortet!", meint er fast schon zu forsch. „Wie kommen Sie ausgerechnet auf mich?"

„Weil Sie Christ sind!"

Die Antwort kommt so spontan, so unerwartet, dass Gary schon fast für eine Minute der Atem stockt.

„Sind Sie auch Christ?", flüstert er beinahe.

„Nein." Und zum ersten Mal scheint Rechtsanwalt Barnes etwas verunsichert zu sein. „Aber ich gehe gerne in Kirchen, besuche mit Vorliebe Gottesdienste. Die Botschaft vom Kreuz birgt so viel Trost, so viel Geborgenheit - und vor allem Liebe...."

„Warum werden Sie dann nicht Christ? Was haben Sie zu verlieren?"

„Junger Mann, glauben Sie mir, ich befinde mich auf dem Weg dorthin - aber ich bin noch nicht soweit."

„Ich verstehe Sie nicht. Einmal kann es zu spät für Sie sein, Jesus Christus in Ihr Leben zu lassen. Warum tun Sie es nicht jetzt?"

„Wir sind im Moment vom Thema abgekommen. Bitte drängen Sie mich nicht. Mein Anliegen ist heute Frau Benton-Stout, die ein schlimmes Erlebnis verkraften muss. Dazu braucht sie einen lieben Menschen, der ihr dabei hilft, aber sie nicht fragt. Nichts fragt - verstehen Sie?"

Gary nickt. Er weiß jetzt, dass er dem Rechtsanwalt nicht mehr Informationen über sein Glaubensleben entlocken kann.

„Wie sieht Frau Benton-Stout aus? Haben Sie ein Foto von ihr?" Er streicht seine glatten braunen Haare zur Seite und beobachtet, wie Barnes ein Farbfoto aus der Jackentasche zieht.

„Sie haben mitgedacht!", meint er lobend. „Das Foto - ja. Ich hätte beinahe vergessen, es Ihnen zu zeigen!"

Gary erwartet ein entstelltes Frauengesicht oder irgendeine Unregelmäßigkeit, die ansonsten liebliche Züge negativ verändern. Aber, was er sieht, raubt ihm beinahe den Atem:

„Die Dame ist wunderschön! Warum schickt sie Sie auf Bräutigamsuche?"

„Fragen Sie nicht - überlegen Sie, was ich Ihnen gesagt, was ich Ihnen angeboten habe. Und rufen Sie mich an, wenn Sie an der Dame interessiert sind!" Barnes nimmt den letzten Schluck aus seiner Kaffeetasse und steht etwas zu hastig auf. „Entschuldigen Sie - ich habe noch einen Termin. Aber hier ist meine Visitenkarte mit Telefonnummer!"

Gary nimmt eine Karte mit Golddruck entgegen und beobachtet verdutzt, wie Barnes eilig das Café verlässt.

Er weiß nicht, was er von der Sache halten soll, und bestellt sich erst einmal ein Glas Bier.

Die Skyline von Sydney in der Nähe des Hafens

Noch immer überlegt sich Gary, ob er als Christ „einfach so" eine Frau ehelichen kann, die er noch nie gesehen hat, die er aus irgendeiner Notsituation retten soll, die er nicht kennt. Vielleicht hat sie ein Verbrechen begangen und will jetzt untertauchen. Oder sie ist Kronzeugin mit einem beträchtlichen Vermögen, hat viele ihrer „Verbrecherkollegen" verpfiffen und lebt jetzt irgendwo in Sydney unter geheimem Namen - will sich noch verheiraten, um ihre Spuren endgültig zu verwischen.

Er weiß nicht, wie er reagieren soll. Das Bild sah zauberhaft aus - ein hübsches, gleichmäßiges Gesicht, ein lieblicher Mund, herzliche Augen - alles umrahmt von einem schwarzen Lockenkopf. Zauberhaft diese Frau - aber vielleicht ist alles eine Falle, vielleicht soll er hereingelegt, ausgenützt werden. Vielleicht handelt es sich um eine sehr hässliche Frau.

Aber schaut Gott nicht ins Herz - und nicht auf die äußere Fassade, also das Aussehen?

Apropos Gott - Gary hätte ihn beinahe aus den Augen verloren. Sollte er nicht eine Christin heiraten - und keine „Ungläubige"? Wer garantiert ihm denn, dass sich diese Frau tatsächlich bekehrt, wenn sie mit ihm in der Bibel liest und die Gottesdienste besucht? Ja, wird sie überhaupt mit ihm Bibel lesen und Gottesdienste besuchen?

Beherzt greift er zum Hörer. Nein, er will sich nicht ausnützen lassen. Diese Frau Marylin Benton-Stout ist nichts für ihn.

Aber dann fällt ihm etwas ein. Warum hat er nicht schon längst daran gedacht?

In einem großen Mercedes sitzt Alexandra, neben ihr Ali Ben Saba ihr jordanischer Liebhaber, der Mann, mit dem sie seit langem wieder glücklich ist. Ein hübscher Abend liegt hinter ihr - viel, viel Sekt, ein herrliches Essen - geröstete Taube mit Lauch-Selleriesoße, Vichy-Karotten, als Nachtisch Vanilleeis mit heißen Himbeeren.

Und nun brausen sie durch die tiefschwarze Nacht in Davos, nur durchbrochen durch den grellen Schein einiger Straßenlampen, die vom Auto aus wie tanzende Glühwürmchen wirken. Hinter ihnen mindestens sieben Paparazzi, alle auf ihren schnellen Maschinen. Alle auf der Jagd nach einem Foto von Alexandra. Einem Foto, das so viel Geld einbringt, dass man sich zur Ruhe setzen kann.

Sie duckt sich, Ali Ben Saba duckt sich. Ihr Leibwächter hockt vor ihnen, Fahrer Bob hetzt den Wagen durch Davos.

Sie schaffen es bis zum Hotel, huschen durch den Hintereingang und rennen auf ihre Zimmer. Geschafft!

Am nächsten Tag starten sie ihre Bergtour. Ali Ben Saba will unbedingt einen Berg besteigen. Die Bergführer, die man ihnen empfahl, machen einen zuverlässigen Eindruck. Es sind zwei Männer, die sie vorher noch nie gesehen haben. Der Weg ist gepflastert mit Geröll. Alexandra muss aufpassen, dass sie nicht daneben tritt, sie balanciert über steile Wege. Die Wanderschuhe sind gut, dennoch schmerzen ihre Füße.

Auf einmal tritt sie daneben, rutscht aus, sie hält sich an den Steinen fest. Ein Bergführer will ihr die Hand reichen, sie ergreift sie. Aber dann lässt er sie los. Es ist so, als ob seine Hand auf einmal erschlafft, sie fällt nach unten, fällt, fällt, fällt...

Sie hört nur noch ein Krachen, das Splittern ihrer Knochen. Sie sieht viel Blut, ehe sie die Ohnmacht übermannt und in einen tiefen, traumlosen Schlaf senkt. Und dann sind da die Schmerzen. Tierische Schmerzen.

Sie wacht auf, sie kann schlecht sehen, nur viele Gesichter, sorgenvolle Gesichter. In ihrem Körper pocht der Schmerz, Schmerz, Schmerz, Schmerz. ,Wann hört er auf?', denkt sie, bevor sie einen kühlen Stich auf ihrem Oberarm spürt und wieder ins Reich der Träume abgleitet.

Ihr Leben gleitet dahin zwischen kurzen Aufwachphasen, verbunden mit hämmernden Schmerzen überall, und dem rettenden Schlaf, herbeigeführt durch zahlreiche Injektionen. Im Traum ist sowieso alles besser, im Traum gibt es Ereignisse - und sie spürt den Schmerz nicht.

Sie merkt in ihren Aufwachphasen, dass ihr Gesicht entstellt ist, aber sie begreift es noch nicht. Sie merkt, dass sie etliche Knochenbrüche davongetragen hat, denn sie kann sich kaum bewegen, ohne vor Schmerzen das Gesicht zu verziehen. Und dann hat man sie zusammengeflickt, sie hatte einen Leberriss davongetragen, viele innere Blutungen, die man stillen musste. Es ist ein Wunder, dass sie überlebt hat.

Dass sie separat liegt und kaum Besuch bekommt, merkt sie erst, als sie sich zu erinnern beginnt.

Sie vermisst Leute, die ihr liebgeworden sind. Am meisten ihre beiden Kinder Daniela und Thorsten. Warum besuchen sie sie nicht? Zuerst führt sie es auf ihre schweren Verletzungen zurück und ihr entstelltes Gesicht - lange liegt sie auf der Intensivstation, und sie braucht so viel Ruhe!

Als sie sich zu erinnern beginnt, ist es zu spät. Als sie sich zu erinnern beginnt, lernt sie ihren Anwalt kennen. Herr Barnes, einen schlechten Eindruck macht er ja gar nicht - aber als sie durchschaut, was er im Schilde führt, hasst sie ihn.

Sie hasst ihn, aber er muss ihr helfen. Er erscheint immer und immer wieder an ihrem Krankenhausbett. Er beruhigt sie nach jeder Gesichtsoperation, die ihre schlimmen Narben zum

Verschwinden bringen soll und sie wieder zum Menschen machen wird.

Zum Menschen, bei dessen Anblick sich Leute wieder auf der Straße wohlwollend umdrehen.

Und schließlich begreift sie, dass sie keine andere Wahl hat. Barnes scheint immer um sie herum zu sein, wenn er nicht da ist, ist sie von ausgewähltem Pflegepersonal förmlich umzingelt. Pflegepersonal, das von seinen Auftraggebern nach außen hin zum Schweigen verdonnert ist.

Sie weiß nicht, wer Barnes und das Pflegepersonal angeheuert hat. Niemand klärt sie auf, jeder winkt ab. Sie vermutet, das Fürstenhaus stecke hinter diesem Plan. Aber sie kann nichts beweisen.

Nur einige Wochen liegt sie in Zürich. Als sie einigermaßen transportfähig ist, fliegt man sie nach London. So ist sie noch weiter weg von ihrer Familie, von Deutschland und von der Schweiz.

Und - was geschah mit Ali Ben Saba?

Man sagte ihr, auch er sei abgestürzt. Allerdings sei er sofort gestorben. Zu viele innere Verletzungen, zu viele innere Blutungen, die jegliche Wiederbelebungsversuche sinnlos machten. Aber stimmt das wirklich?

Und immer, wenn sie zu sehr nachdenkt, bekommt sie Kopfschmerzen. Aber die Träume und die Erinnerung an den Krankenhausaufenthalt suchen sie immer wieder heim, wenn sie schläft.

Es ist so, als ob sie nicht vergessen sollte, auch wenn sie es doch tun muss.

Jöriseen in Graubünden (Schweiz)

9. Kapitel: Misstrauen

Forsch meint Alexandra:

„Ich will ihn zuerst treffen!"

Sie erwartet einen entgeisterten Blick von Barnes, der ihr gegenüber vor einer Tasse mit duftendem heißem Kaffee sitzt. Aber er bleibt überraschend ruhig:

„Herr Sheringham äußerte den gleichen Wunsch. Ja, warum sollen Sie sich eigentlich nicht treffen?"

„Was ist er für ein Mensch?"

„Ein Mensch, der seinen Glauben an Gott ziemlich ernst nimmt!"

„Glauben Sie denn an Gott?" Sie schüttelt heftig den Kopf.

„Warum wählen Sie einen Menschen für mich aus, der übertrieben glaubt, bei dem ich wohl jeden Tag auf den Knien beten muss, bei dem ich dies und das nicht tun darf?" Sie gerät richtig in Fahrt, ihr Kopf wird hochrot, und ihre Kopfschmerzen drohen, ihren Kopf zum Zerspringen zu bringen.

„Ich glaube an Gott - ja. Vielleicht nicht tief genug, aber das, was diese 'übertriebenen Gläubigen', wie Sie sie bezeichnen, tun, kommt aus aufrichtigem Herzen. Sie wollen wirklich niemandem schaden, sie sind ehrliche Leute. Und ich denke, einem solchen Menschen kann ich Sie getrost in die Obhut geben!" Herr Barnes streicht beruhigend über ihre schönen, schlanken Finger.

Sie lächelt bitter. „Warum nur - warum? Wäre ich die unbekannte Krankenschwester in Deutschland geblieben, hätte ich nie nähere Bekanntschaft mit Harro geschlossen, dann säße ich jetzt nicht hier - abhängig von irgendeinem Anwalt in einem entfernten Land, der mich an den nächstbesten Mann verschleudern will!"

„Warum urteilen Sie vorschnell über einen Mann, den Sie noch nicht einmal kennen? Sehen Sie sich den Mann an. Wenn er Ihnen nicht gefällt - das verspreche ich Ihnen – vergessen Sie ihn. Dann suchen wir einen neuen."

„Meine Astrologin Evita Purchase hätte mir da wirklich einen nützlicheren Vorschlag erteilen können. Warum kann ich sie nicht anrufen? Sie würde mir sofort sagen, worauf ich bei der Partnerwahl achten sollte - welche Männer mit welchem Sternzeichen für mich in Betracht kämen!"

„Warum vertrauen Sie mir nicht, Marilyn? Warum trauen Sie den windigen Prognosen einer angeblichen Sterndeuterin, die Ihnen nichts als Märchen auftischt und dafür noch teures Geld von Ihnen haben will?" Ja, Barnes zählt sich noch nicht zu den entschiedenen Christen, aber er steht voll auf der Seite der Astrologie-Gegner, seitdem ihn ein falsches Horoskop um ein sehr einträgliches und am Ende doch erfolgversprechendes Geschäft brachte.

„Okay." Sie nickt ergeben. „Aber Frau Purchase war nicht so, wie Sie denken! Ihre Ratschläge hatten Hand und Fuß ...."

„Hat Ihre geschätzte Frau Purchase Ihren Unfall und Ihre Auswanderung nach Australien vorausgesehen?"

„Nein..." Sie wird kleinlaut. „Hat sie nicht."

„Warum hängen Sie dann noch an dieser Person? Marilyn, Ihr neues Leben hat hier angefangen, und Sie sollten sich hier den Tatsachen stellen und nicht Dingen nachtrauern, die für Sie nie wieder in Frage kommen werden! Seien Sie versichert, meine Auftraggeber haben nur Ihr Wohl im Auge - sie wollen wirklich, dass Sie wieder glücklich werden. „

„Warum wurde dann dieser Unfall inszeniert? Warum wurde ich aus Europa geschafft, ohne dass eine Menschenseele davon wusste? Warum ....?"

„Marilyn, ich habe versucht, es Ihnen zu erklären, aber Sie wollen mir ja nicht glauben! Der Unfall wurde nicht inszeniert - er geschah tatsächlich, es war ein unglückliches Zusammentreffen von vielen Umständen! Meine Auftraggeber jedoch wollten Sie nicht an die Öffentlichkeit zerren, in der Sie so viele lange Jahre unglücklich gestanden hatten. Sie sollten in Ruhe genesen. Sie sollten...."

Alexandra hört nicht mehr zu, denn sie hat alles schon so oft gehört. Sie glaubt Barnes nicht. Sie denkt jetzt, dass sie ihm nie glauben wird. Irgendetwas war faul an dem Unfall, es passte so viel nicht an diesem Morgen während dieser Bergtour, nach der ihr ganzes Leben mit einem Mal völlig umgekrempelt wurde. Sie glaubt an eine Verschwörung, an eine Aktion, um sie, die ungeliebte und unbequeme Ex-Frau des Thronfolgers eines alten deutschen fürstlichen Geschlechts, endlich aus dem Weg zu schaffen.

Und so tropfen Barnes' Worte an ihr vorbei, während ihre Ohren dröhnen und sie heftig atmet, weil sie sich wieder aufregt.

Trotz seines Glaubens findet Alexandra Gary sehr sympathisch. Oder vielleicht sogar, weil er glaubt, weil er sich nicht verstellt?

„Glauben Sie all das, was in diesen Gottesdiensten gepredigt wird?", fragt Alexandra Gary, als sie gemeinsam an „Watson's Bay" entlang spazieren. Malerisch schmiegt sich diese Bucht in das riesige Hafenbecken von Sydney, am Horizont ragen die gigantischen Wolkenkratzer in den Himmel.

„Ja, ich glaube es. Nicht nur das - ich weiß, dass Jesus lebt!", antwortet Gary ruhig und streicht sich über sein braunes, gewelltes Haar, das vom Wind ein wenig zerzaust wird.

Er gefällt ihr, muss sie sich widerstrebend eingestehen. Trotz seines Jesusfimmels. Aber sein Interesse am christlichen Glauben muss sie ja nicht mit ihm teilen. Harro liebte auch die Jagd, während sie das Töten von Tieren verabscheute. Was Gary erzählt, wirkt interessant auf Marilyn. Hingerissen lauscht sie ihm, als sie an sauberen Backsteinhäusern vorbeischlendern. Einige Palmen und Laubbäume lockern die Landschaft auf. Alles wirkt so malerisch - ein weiteres Stück Australien.

„Sie sollen nicht denken, dass ich den Glauben bereits mit der Muttermilch aufgesogen habe. Ganz und gar nicht!" Gary schaut ihr geradewegs in ihre blauen Augen. Blaue Augen und schwarze Haare, das passt irgendwie nicht, denkt er. Aber die Erscheinung dieser Frau fasziniert ihn. Eine Schönheit ist sie. Ein Fotomodell, das vielleicht demnächst mit ihm ihr Leben teilen wird. An so viel Glück hatte er im Traum nicht geglaubt. Einen Makel besitzt sie allerdings: sie hat Jesus Christus noch nicht in ihr Leben aufgenommen, schwört wohl eher auf Horoskope und Wahrsager. Aber Gary ist zuversichtlich, dass Gott auch bei Marilyn wirken kann.

„Ich hatte eine schwere Kindheit. Mein Vater war Alkoholiker - und schlug mich regelmäßig. Aber alles rächt sich auf Erden - er kam bei einem Autounfall ums Leben. Betrunken am Steuer." Er seufzt und dreht sich um. Sein Blick fällt auf einige Felsen, die am Ortsende aufragen. Ein Wanderweg führt zu einem Leuchtturm - und genau dorthin laufen sie jetzt.

„Meine Großeltern zogen mich auf, weil mein Vater ständig in Kneipen herumhing und seinem Laster frönte. Meine Mutter ging nebenher putzen, damit wir alle unsere Schulden bezahlen konnten.

Dank meiner Großeltern habe ich nie aufgegeben, nie meine Lebensfreude eingebüßt. Sie lehrten mich den Glauben an Jesus Christus und nahmen mich oft mit in eine lebendige Gemeinde. Niemand drängte mich - in mir keimte selbst der Wunsch auf, entschiedener Christ zu werden. Entschieden für Christus, bewusst Ihm mein Leben zu übergeben!"

„Aber - hört sich das Ganze nicht wie Sklaverei an?", unterbricht ihn Alexandra. „Bereuen Sie es nicht, Gottes Marionette zu sein? Ich kannte einige Wahrsagerinnen. Diese konnte ich unverbindlich anrufen, sie erteilten mir einen Rat. Ob ich ihn beherzigte oder nicht, das war schließlich egal. Aber diese Abhängigkeit wie Sie von Ihrem Gott - nein, die hatte ich nicht. Da hätte ich mich meiner Freiheit beraubt gefühlt!"

„Gefangenschaft bei Gott? Gottes Marionette? Wo denken Sie hin?" Gary schüttelt sein braunes Haar und lächelt. Schöne und weiße Zähne hat er, denkt sie. Und er ist komplett natürlich. Wenn nur sein übertriebener Glaube nicht wäre!

„Das ist leider ein weit verbreitetes Vorurteil! Das Vorurteil, man gleite in die Unfreiheit, in die Sklaverei, wenn man sich Gott hingibt. Aber genau das Gegenteil ist der Fall!", fährt er fort und blickt auf eine Fähre, die langsam an ihnen vorbeituckert.

Munter schwatzende Leute fahren wohl gerade von Rose Bay nach Watson's Bay, wer weiß. Der Fährverkehr in Sydney ist recht rege - kein Wunder, der Hafen ist groß genug. Es gibt etliche Leute, die mit der Fähre zu ihrer Arbeitsstelle fahren.

„Wieso? Wenn ich intensiv an Gott glaube, dann darf ich dies nicht, darf ich das nicht! Und das nennen Sie Freiheit? Das nenne ich Einengung meiner freien Entfaltung!" Sie wirkt auf einmal wie ein trotziges Kind, ihre Mundwinkel verziehen sich, sie beißt hörbar die Zähne aufeinander und verschränkt ihre Ellenbogen.

„Sie irren sich."

Er bleibt ruhig, obwohl er innerlich aufgewühlt wie die raue See ist. Er muss aufpassen, dass er sich bei der Verteidigung von Jesus Christus nicht selbst vergisst und er die hübsche Dame neben ihm weiter vom Glauben wegbringt als näher an ihn. Das wäre verhängnisvoll, das könnte er sich nie verzeihen.

„Wer Jesus hat, der hat das Leben. Und wer Jesus hat, der wird erst richtig frei."

„Frei?" Ihre Stimme bricht beinahe, sie beginnt, ihn zu verhöhnen. „Wieso frei? Wenn ich Jesus Christus annehme, bedeutet es dann nicht, dass ich zum Beispiel heiraten muss, wenn ich vorher in wilder Ehe mit meinem Freund zusammengelebt habe? Bedeutet es dann nicht, dass ich das Rauchen aufgeben sollte, wenn ich Raucherin bin? Bedeutet es dann nicht, dass ich in der Liebe nicht mehr so frei handeln darf, wie ich es ohne Gott tue?" Alexandra ist richtig in Fahrt, sie will diesen Mann aus der Reserve locken, sie will das Christentum als eine Farce entblößen. Oh - warum hat Barnes für sie nur diesen Mann ausgewählt? Einen Christen!

„Bedeutet das dann nicht, dass ich in ein Korsett gezwängt werde, das mir weh tut? Das mir meine Freiheit raubt? Das mich einengt ohne Ende? Das seid ihr Christen doch – Marionetten Gottes!", bricht es aus ihr heraus.

„Wäre es ein solch starker Verlust in Ihrem Leben, wenn Sie heiraten, bevor Sie mit einem Mann zusammenleben?" Gary runzelt die Stirne, er bleibt aber immer noch ruhig. Erstaunlich ruhig. Und um seine Ruhe beneidet ihn Marilyn. „Ich frage mich, was an der wilden Ehe vorteilhaft sein soll. Außer, dass die Partner sich gegenseitig der Verantwortung entziehen. Glücklicher werden sie doch nicht dabei. Oder wie erklären Sie sich die hohe Scheidungsrate heutzutage? Wenn diese sogenannten 'eheähnlichen Verhältnisse' so segensreich wären, wie viele denken, müsste es doch eigentlich weniger Scheidungen geben!"

Marilyn fühlt sich auf einmal eingekeilt von Argumenten. Ob ihre Ehe mit Harro gewonnen hätte, wenn man vorher „unverbindlich" zusammengelebt hätte, bezweifelt sie. Vielleicht hätte sie Harros Geliebte Petra entdeckt und wäre noch vor der Hochzeit vor diesem Mann geflüchtet. Vielleicht wäre sie auch blind gewesen vor Liebe und hätte gar nicht gemerkt, dass Harro sie mit Petra betrog. Vielleicht, vielleicht, ...

„Vielleicht hätte ich rechtzeitig flüchten können", murmelt sie leise, aber nicht unhörbar.

Gary stutzt. „Wovor hätten Sie fliehen können?"

Sie überhört ihn geflissentlich. Schweigen ist ihre Pflicht. Nur nicht zu viel verraten, sonst kommt er noch drauf, dass sie einmal eine bekannte Person war!

Stattdessen lenkt sie vom Thema ab:

„Es ist schon ein riesiger Schritt, sein Leben in die Hand von irgendjemandem zu geben. Jemanden, den man nicht einmal sieht und von dem man also nicht weiß, ob er existiert ..."

„Irgendjemand? Jetzt machen Sie einen Punkt! Jesus Christus ist der Sohn Gottes, auch für Sie am Kreuz gestorben! Dieser Jesus existierte wirklich, weilte auf Erden - so wie Sie und ich. Beweise für ihn gibt es tatsächlich! Meinen Sie, dass ein Gott, der Sie so sehr liebt, dass er für Sie sogar seinen einzigen

Sohn opfert, damit Sie ewiges Leben haben, Sie übers Ohr hauen will?"

Alexandra schüttelt den Kopf, sieht den ruhigen Mann neben sich. Den Mann, der doch innerlich kocht, weil er sich bei diesem brisanten Thema immer gerne vergisst. Was er sagt, scheint Hand und Fuß zu haben. Vielleicht ist ihr Leben an einem Wendepunkt angekommen und sie sollte sich einmal näher mit diesem Jesus Christus beschäftigen. Gary klingt so ehrlich und aufrichtig - dass er ihr Lügen auftischt, kann beinahe nicht sein.

Aber heute ist alles noch eine Schuhnummer zu groß für sie. Sie muss erst verdauen, was er sagte. Und vielleicht ergibt sich bei einem erneuten Treffen wieder die Gelegenheit, dieses Thema wieder anzureißen.

Gary hat sie immerhin neugierig gemacht. Auf Gott, den Glauben und viel mehr.

Mosman's Bay – ein Teil des Hafens von Sydney

11. Kapitel: The Rocks

Circular Quay erreicht Alexandra früher, als sie ursprünglich geplant hat. Ihre Gedanken schlagen Purzelbäume. Nur zu gut erinnert sie sich an das Gespräch mit Gary vor drei Tagen, und sie kann es nicht vergessen. Gott - der Gedanke hämmert in ihrem Unterbewusstsein. Kann es sein, dass sie in all diesen Jahren ihres Lebens nie erfahren hat, wer Gott wirklich ist?

Kann es sein, dass sie all diese Jahre verschwendet hat? Jahre, die vorüberhasteten. Jahre ohne Gott – verschwendete Zeit?

Nein, verschwendet war diese Zeit garantiert nicht. Alexandra sehnt sich wieder - wie so oft - nach ihren beiden Kindern, die in Deutschland ihre Mutter betrauern, die doch angeblich auf solch grausame Weise während einer Bergtour in der Nähe von Davos ums Leben kam...

Gestern Abend begann sie auch, in dem Buch zu lesen, das ihr Gary mitgegeben hatte. Die Geschichte eines Pärchens, das in Indien auf der Suche nach Yoga-Meistern war. Die beiden Globetrotter trafen einen christlichen Missionar und bekehrten sich. Alexandra war unwillkürlich beeindruckt - besonders von der Tatsache, dass Jesus sogar eine der beiden Personen von Typhus heilte. Einer Krankheit, die man in Indien leicht bekommen kann, wenn man nicht vorbeugt.

Und hier wurde Alexandra mit einem Gott konfrontiert, der heute noch lebt. Einem Gott der Liebe, der seinen einzigen Sohn geopfert hat - auch für sie, Alexandra. Welcher Vater würde das tun? Sie - Alexandra - würde nie eines ihrer Kinder hergeben.

Obwohl das Fürstenhaus sie geopfert hat. Sie kann sich keinen anderen Grund vorstellen, warum sie hier in Australien weilt und mit einem neuen Gesicht ein neues Leben beginnen soll. Aber noch immer glaubt Alexandra, zu viel aufgeben zu müssen, wenn sie ihr Leben Jesus weiht. Sie glaubt, entmündigt zu werden, wenn sie diesen Schritt geht.

Jäh wird sie aus ihren Gedanken gerissen. Gary nähert sich – lächelnd und gutaussehend.

Er wirkt jung und beschwingt in seinem Hawaii-Hemd in munteren Modefarben. Seine schlanken Beine stecken in schwarzen Jeans.

Höflich streckt er ihr seine Hand entgegen. „Guten Tag, Marilyn! Warten Sie schon lange?"

„Nur ein paar Minuten!" Lächelnd winkt sie ab. „Das ist kein Problem für mich. Es gibt hier so viel zu sehen!"

Sie deutet auf einen jungen Mann mit einer marineblauen Schirmmütze, der ein kleines batteriebetriebenes Auto im Kreis herumfahren lässt. Auf dem Auto sitzt ein zitronengelber Papagei mit stolz geschwelltem Kamm, der sorgfältig alle hingeworfenen Münzen der Passanten aufpickt und ins Auto verfrachtet. Eine amüsante Szene. Gary und Alexandra lachen herzlich, als ein australisches Pfund klirrend in die Mitte fällt, der Vogel zielstrebig darauf zufliegt, die Münze aufklaubt und im Auto verschwinden lässt.

„Übrigens - ich habe in Ihrem Buch geschmökert", gesteht sie beinahe schon beschämt ihrem Begleiter.

„Ja - wirklich? Und, wie gefällt es Ihnen?"

„Es gefällt mir sehr gut!" Gemeinsam spazieren sie in Richtung „The Rocks", dem ältesten Viertel Sydneys. „Obwohl ich nicht viele Bücher lese!"

„Was sagen Sie zu der Botschaft?"

„Ich habe durch Sie so viel über Jesus Christus gehört wie noch nie zuvor in meinem Leben. Alles muss ich erst einmal verdauen, überlegen, in meine Gedanken einordnen!" Ihre Augen wandern über den Hafen zu den weißen Muscheln des Opernhauses und der „Harbour Bridge" direkt vor ihr.

„Das kann ich gut verstehen!" Sein Blick taucht in ihre blauen Augen. Tiefe Seen. So tief und unergründlich. Und irgendwie kommt ihm ihr Lächeln bekannt vor, schießt es ihm durch den Kopf.

Aber Unsinn - woher denn? Vielleicht gibt es andere Frauen mit einem ähnlichen anmutigen Lächeln, einem Lächeln voller Wärme. Einem Lächeln, das kalte Herzen zum Schmelzen bringt, das Wärme versprüht. So wie Alexandras Lächeln. Und das Lächeln macht sie ihm nur noch sympathischer.

Sie gehen einige Minuten schweigend nebeneinander her, atmen die kühle Meeresbrise, hören das Kreischen einiger Möwen, das geschäftige Schwatzen einiger vorbeigehender Geschäftsleute mit wehenden Krawatten. „The Rocks" taucht vor ihnen auf - einige Straßenzüge mit alten Häusern im englischen Stil. Oder eben das, was die Australier als „alt" bezeichnen.

Australien zählt noch zu den jungen Staaten der Welt – gerade etwas mehr als 200 Jahre alt. Und die Australier verhehlen nicht ihren Stolz über alles, was 80 Jahre und älter ist. Finden sie einen solchen Gegenstand aus ihrem eher spärlichen Geschichtsfundus, so stellen sie diese Dinge zur Schau, damit sie jeder sehen kann. Zum Beispiel Kanonen aus schwerem schwarzen Metall, von Rost zerfressene Schiffe, deren rudimentäre Farben kaum noch zu erkennen sind. Und natürlich langweilige rote Fabrikgebäude - einst Hallen zur Aufbewahrung von Waren, Lebensmitteln und anderen Dingen - oder nur Produktionsstätten. Sydney wirkt wie eine Mischung zwischen alt und neu, jedoch fügt sich alles harmonisch ineinander und ergibt so den Reiz dieser faszinierenden Metropole am anderen Ende der Welt.

„Erstaunlich, was man aus diesen Gebäuden gemacht hat!" Sie streicht sich über ihre üppigen schwarzen Locken und weist abrupt mit der Hand auf eine braune Häuserzeile zur linken. „Ein hübsches Straßencafé!"

Wahrscheinlich dienten diese Gebäude einst als Lagerhallen für Bier oder Teppiche und Möbel. In Deutschland wären diese Bauten wohl der Abrisskugel zum Opfer gefallen - in Australien freut man sich darüber, dass diese Zeitzeugen der Geschichte so lange überlebt haben. Die Australier wollen diese Relikte an ihre Vergangenheit nicht ausradieren.

Vor den Häusern stehen einige Segelmasten, großzügig bespannt mit blütenweißen Stoffbahnen. Darunter laden einige Tische und Stühle zu einer Tasse Kaffee oder einem Stück Kuchen ein - je nach Lust und Laune.

Alexandra staunt - betrachtet diese anmutige Schönheit am Rande des Hafens und die vorbeisprudelnden Menschen. Einige alte Schiffe liegen vor Anker - sie sind noch seetüchtig und werden zum Fischfang und zu Ausflugsfahrten genutzt. Diese Schiffe dienen als Fotoobjekte für zahlreiche Touristen.

„Ich liebe diese Stadt!", meint Gary und reckt überschwänglich seine Arme in die Höhe. „Und ich wohne gerne hier!"

„Ich muss noch lernen, diese Stadt, diesen roten Kontinent zu lieben", flüstert sie beinahe.

„Warum sind Sie dann hier?"

Sie ignoriert seine Frage, denn sie weiß nicht, wie sie antworten soll.

‚Oh, heißgeliebtes Deutschland, europäischer Staat, in dem es oft regnet, mit dem Rhein und Märchenschlössern, wie liebe ich dich!', denkt sie wehmütig.

Aber es macht keinen Sinn, Heimwehgedanken zu entwickeln. Ihr Blick strebt starr in die Zukunft. Die Zeit heilt alle Wunden, sagt man das nicht? Aber das wird bei ihr noch eine Weile dauern, wird ihr nur zu schmerzhaft bewusst.

„Warum sind Sie hier?", wiederholt er hartnäckig die eben gestellte Frage.

Sie wirbelt herum, nun etwas aufgebracht. „Ich habe Sie gebeten, keine Fragen zu stellen ..."

„Sie haben mich gebeten?", lacht er beinahe höhnisch. „Wer mich gebeten hat, war vielleicht Ihr Anwalt - aber nicht Sie ..."

„Warum treten Sie die Anweisungen meines Anwaltes mit Füßen? Warum können Sie sich nicht an das halten, worum man Sie bittet?" Tränen blitzen in ihren Augen. Unwirsch kneift sie ihre Augen zusammen, als könne sie so die Tränen zum Versiegen, zum Verdunsten bringen - ja, einfach ungeschehen machen. Eine starke Frau weint nicht, so mahnt sie sich selbst.

„Und Sie wollen Christ sein?"

Er stoppt abrupt - an der Einmündung zur Argyle Street. Eine Straße, in der hübsche Souvenirläden und eine Galerie zum Bummeln einladen. Eine Straße, um sich gehen zu lassen, eine Straße, um einen Hauch historisches Sydney in seine Lungen zu pumpen.

Aber im Moment hat er keinen Blick dafür, denn der Dolch, den sie soeben in seine Richtung geschossen hat, hat ihn tief getroffen. Ja, er hatte dem Anwalt gegenüber ein Versprechen abgegeben. Wie konnte er das nur vergessen?

„Entschuldigen Sie bitte - ich hatte mich vergessen ....!"

Doch sie hört ihn nicht mehr, als sie fluchtartig die Straße entlang rennt. Vorbei an bunten Postkartenständern und hübsch geschmückten Schaufenstern. Vorbei an verdutzten Passanten.

Zurück bleibt ein niedergeschlagener Gary, der sich mit der Hand mehrmals auf die schweißnasse Stirne schlägt. Wie konnte er nur so dumm sein, wie konnte er nur sein Versprechen brechen!

Wie ein Traumwandler schlendert er weiter in Richtung Observatorium - jetzt zur rechten die älteren Gebäude, zur linken die „Harbour Bridge". Und hinter der „Garrison Church", einer entzückenden, historischen Kirche, zieht sich eine saftig grüne Anhöhe wie ein leuchtender Teppich bis hin zum Observatorium. Normalerweise liebt Gary diesen Kuppelbau, er liebt den faszinierenden Ausblick von dort auf den Hafen und die „Harbour Bridge". Aber heute plätschert alles an ihm vorbei - die Eindrücke verpuffen in der Luft wie soeben noch prächtig schillernde Leuchtraketen während eines Feuerwerks.

Er hat Marilyn – oder Alexandra - soeben verloren.

Blick auf The Rocks – ältester Stadtteil Sydneys – mit einem Teil der Skyline und Palmen

12. Kapitel: Hochzeit

Hartnäckiger Regen klatscht gegen die Fenster des Rathauses, als sich Alexandra und Gary das Jawort geben.

Eigentlich hätte Gary die Trauung in einer Kirche vorgezogen. Weil Alexandra allerdings die Trauung aus irgendeinem Grunde nicht in einer Kirche wünschte - nun gut, dann wollte er sich ihrem Willen beugen und nicht weiter in sie dringen.

Es kostete einige Telefongespräche, eine gehörige Portion Geduld und viele schlaflose Nächte, bis er die verstörte Alexandra beruhigt hatte.

Darüber hinaus musste er sich einige Vorwürfe von Barnes gefallen lassen. Warum hatte er Alexandras Gedanken, ihre Erinnerungen durcheinandergewirbelt? Diese Frau litte immer noch stark unter ihrer Vergangenheit, und das beste Heilmittel sei doch, nicht daran herumzurühren – immer und immer wieder, wie ein Seelentrampel, ohne auf Gefühle zu achten.

Gary ging in sich, las seine Bibel und sprach mit Gott. Ganz gegen seine Erwartungen weihte er niemanden in seiner Gemeinde ein. Dies war sein ureigenster Kampf - er musste ihn alleine ausfechten. Jegliche Einmischung von anderer Seite empfand er als störend. Außerdem wusste er, dass die Meinungen in der Gemeinde gespalten gewesen wären, hätte er gesagt, dass er von einer „ungläubigen" Frau fasziniert sei.

Aber Gott schien ihm „grünes Licht" zu geben. „Hier ist eine Seele, die ich dir anvertraut habe", schien er zu sagen. „Eine Seele auf der Suche nach Gott, auch wenn du es nicht immer bemerkst. Diese Seele kämpft noch - aber das ist normal. Sie kämpft gegen die Unterwelt und gegen mich. Sei geduldig - und wirf dein Vertrauen nie weg, das eine große Belohnung im Himmel hat!"

Und so sitzt Gary heute neben dem lächelnden blonden australischen Standesbeamten, der eine auffällig rot-blau gestreifte Krawatte trägt, die sich wie ein Flusslauf auf dem blütenweißen Hemd mit dem gestärkten Kragen abhebt. Er – Gary - hat sich zu diesem feierlichen Anlass einen schmucken Zweireiher mit einer dunkelblauen Seidenkrawatte gekauft. Und Alexandra, „seine" Marilyn, neben ihm wirkt einfach atemberaubend.

„Meine Frau!", schießt es ihm in unbändiger Freude durch den Kopf. „Das ist tatsächlich meine Frau!" Aber er versucht, sich zu bezähmen. Er wird vorsichtig mit diesem Wesen umgehen, das doch innerlich so zerbrechlich scheint wie eine Porzellanpuppe aus hauchdünnem Material. Jedes Wort, jede Geste muss sorgfältig überlegt sein.

Außer dem Brautpaar zählt Garys Arbeitskollege Bob zu den Gästen. Er fungiert als Trauzeuge - genauso wie der Anwalt Barnes, der schweigsam, aber deswegen nicht weniger seriös, hinter dem Paar sitzt.

Die Trauzeremonie verläuft nach Plan, Gary streift seiner frischgebackenen Frau einen funkelnden Goldring über ihren rechten, schmalen Ringfinger. In der Mitte des Goldringes leuchtet ein blauer Edelstein. Gary selbst trägt einen Goldring in der gleichen Breite, jedoch ohne Diamant.

Die Ringe hat Barnes selbstverständlich besorgt. Er lotste Gary und Alexandra in ein Schmuckgeschäft und ließ sie geduldig Ringe anprobieren. Relativ schnell trafen die beiden eine Wahl, und Barnes bezahlte - ohne mit der Wimper zu zucken - die relativ teuren Ringe. Woher er das Geld hatte, wagte Gary nicht zu fragen.

Es ist generell ratsam, sich mit Fragen zurückzuhalten, das hat er für sich beschlossen. Und so will er es auch halten.

13. Kapitel: Nützlich

Drei Wochen nach ihrer Hochzeit eröffnet Alexandra ihrem Ehemann:

„Ich sollte mir eine Arbeit suchen!"

Sie haben unterdessen ein schönes Appartement im Stadtteil Glebe bezogen - größer, heller, schöner als Garys Single-Bleibe und mit einem atemberaubenden Blick auf die Innenstadt.

„Eine Eigentumswohnung - sie gehört Ihnen und Ihrer Frau", erklärte Barnes, als er Gary den Schlüssel überreichte.

Gary fühlte sich wie ein Schlossbesitzer, schritt stolz einige Male durch die Räume und konnte sich nicht satt sehen. Die Wohnung war geschmackvoll eingerichtet, dagegen konnte man ebenfalls nichts sagen.

Gott meinte es gut mit ihm, schoss es Gary durch den Kopf. Dafür aber musste er schweigen.

„Aber Marilyn", Gary befeuchtet sich die Lippen und lässt die Mittwochsausgabe der Tageszeitung „Sydney Morning Herald" sinken. „Du hast hier doch alles - und reicht es nicht, wenn ich arbeite? Warum willst du Geld verdienen - uns geht es doch gut!"

„Ich möchte irgendwas Nützliches machen", entgegnet Alexandra und streicht sich eine widerspenstige schwarze Locke aus der Stirne. „Herumsitzen, spazieren gehen, aus dem Fenster sehen - das wird auf die Dauer langweilig."

Sie hat recht. Das sieht Gary ein. Sie wohnen nicht nur mietfrei in dieser wunderbaren Wohnung - nein, eine Putzfrau reinigt alles regelmäßig. Und, damit nicht genug – die Putzfrau kocht sogar noch. Wunderbare Gerichte, zu denen man nicht „nein" sagen kann! Sie beide – Alexandra und er - leben gut wie die sprichwörtlichen „Maden im Speck".

Gary seufzt. Was wird nur Barnes zu Alexandras Wunsch nach einer Arbeit sagen? Barnes zählt sozusagen als Freund des Paares und kommt immer wieder zum Kaffeetrinken vorbei. Oder nur eben einmal auf ein Plauderstündchen. Mit Alexandra heiratete er wohl auch Barnes, merkte Gary. Aber daran kann er wohl nichts ändern. Barnes gilt in seinen Augen als eine Art „Anstandswauwau", der immer wieder seinen Schützling Alexandra im Auge behält. Natürlich genießt Alexandra gewisse Freiheiten, sie kann im Haushalt tun und lassen, was sie will, sie darf in die Stadt gehen. Aber immer wieder taucht Barnes auf wie „Phönix aus der Asche" und fragt in einer Unterhaltung unverbindlich nach, wie es denn beiden gehe. Und so bleibt er ständig informiert.

Während Gary mit in tiefen Falten gezogener Stirne ange-strengt nachdenkt, beobachtet ihn Alexandra aufmerksam.

„Warum grübelst du?", unterbricht sie ihn schließlich unge-duldig. „Andere Frauen arbeiten doch auch. Selbst hier in Aust-ralien ..."

„Das ist nicht der springende Punkt", meint Gary und nimmt einen Schluck seines herrlichen Kaffees „Bushell's Premium", der immerhin das Vorrecht genießt, hier in einem Vorort in Sydney abgefüllt und verpackt zu werden. „Wir haben genug Geld zur Verfügung, damit du nicht arbeiten musst. Und Ar-beitsplätze sind auch hier in Sydney nicht gerade reichlich ge-sät. Andererseits jedoch muss ich dir Recht geben. Daheim her-umzusitzen und ab und zu in die Stadt zum Shopping zu fahren, wird auf die Dauer reichlich langweilig. Hier hast du die Zei-tung!" Er reicht ihr den dicken Packen Papier. „Vielleicht ist eine Stellenanzeige drin, die dich interessiert. Ich habe leider nicht viel Zeit ..."

Er blickt auf die Uhr. Die Arbeit ruft. Wieder acht Stunden im Einkaufsbüro des „Dritten Sydneyers Polizeibüros" - das ist nervend. Aber hat ihn Gott nicht an diesen Platz gestellt?

So beschließt er auch heute - wie an jedem Morgen - bei sei-ner Arbeit das Beste zu geben.

Kurz winkt er Alexandra zu. „Bis heute Abend!"

Sie lächelt. Und wieder einmal fragt er sich, wo er dieses Lächeln schon gesehen hat.

14. Kapitel: Stellensuche

Gemeinsam schlendern sie durch einige Straßen an diesem Samstagmorgen. Gerade heute ist die Stelle als Kassiererin in dem Supermarkt in der Fleet Street ausgeschrieben.

„Die Fleet Street - das ist nicht weit von hier!", ruft Alexandra begeistert aus.

‚Ja, warum eigentlich nicht?', denkt sich Gary und begleitet seine Frau zu besagtem Supermarkt.

Dabei fällt ihm unwillkürlich die Predigt von vor einigen Wochen ein. Jene über die „geistliche Dürre" und den Regen, der wie Lebenselixier in den Boden sickert und diesen in grüne Wiesen verwandelt.

Es wird Zeit, seine Frau endlich einmal in den Gottesdienst zu schleifen, einfach mitzunehmen. Schon seit einigen Wochen war Gary in keiner Kirche mehr, weil er und seine Frau mit dem Umzug und ihrer Heirat zu sehr beschäftigt waren. Das ist schändlich, rügt sich Gary. Selbst im größten Stress sollte man diese Zeit für Gott aufbringen. Aber das ist leider leichter gesagt, als getan.

Der Supermarkt ist voller quirliger Leute, die hektisch an den Regalen vorbeiströmen und hier und da Ware in ihre großen Einkaufswagen laden. Die letzten Einkäufe fürs Wochenende werden getätigt, und die Kassiererinnen tippen wie wild. Gary tun die armen Geschöpfe auf einmal Leid. Und von diesem Stress will sich seine Frau mitreißen lassen?

Aber Alexandra schreitet bereits mutig zu einer schwarzhaarigen Südeuropäerin und fragt sie, wo denn der Geschäftsführer sei. Freundlich weist die Angesprochene auf eine Türe. Alexandra winkt erleichtert ihrem Mann zu, und Gary folgt ihr.

Alexandra strafft ihre geschmeidigen Schultern unter ihrem schlichten hellblauen Kostüm, das sie aber deswegen nicht weniger atemberaubend erscheinen lässt. Und Gary fragt sich zum bereits hundertsten Male, wie ihm Gott nach zahlreichen unerhörten Gebeten nach einer Frau auf einmal ein solches Wesen anvertrauen konnte. Gottes Wege sind teilweise unbegreiflich.

Aber diese wunderschöne Frau hat eine Vergangenheit, von der er nichts wissen darf, erinnert sich Gary.

Und diese schöne Frau möchte arbeiten.

Gemeinsam betreten sie einen großen, mit weißen Möbeln fast schon zu steril wirkenden, Raum. Die Morgensonne flutet in den Raum, strömt auf den hellgrünen Teppich, der gut zu den Zimmerpalmen passt. Und mittendrin thront eine imposante Erscheinung - eine stark geschminkte Frau, deren wasserstoffblonde Haare eindeutig gefärbt sind.

„Sie wünschen?", fragt sie mit sonorer Stimme, als Alexandra und Gary auf sie zukommen.

„Der Halbtagsjob als Kassiererin." Alexandra atmet tief durch und glättet gedankenverloren den rechten Ärmel ihrer Kostümjacke. „Ist dieser noch zu haben?"

„Sicher", antwortet die Dame ungerührt und wirkt wie eine Puppe. Ihr Gesicht verzieht keine Miene.

Vielleicht hat sie Angst, die Schminke werde ihr vom Gesicht blättern, denkt Gary.

„Haben Sie Erfahrung als Kassiererin? Wann können Sie anfangen?", rattert die Dame monoton ihre Fragen herunter.

„Erfahrung? Nein - die habe ich nicht. Ich - äh - habe schon als Krankenschwester gearbeitet. Aber brauche ich als Kassiererin eine besondere Ausbildung und spezielle Erfahrung? Lässt sich alles nicht erlernen?" Alexandra ist etwas unsicher geworden.

Die Dame starrt Alexandra verdutzt an. Stellt sie hier nicht die Fragen? Aber Alexandra scheint ihr den Wind aus den Segeln zu nehmen. Attraktiv wirkt sie ja. Unverschämt attraktiv sogar. Wenn die Männer mitbekommen, dass eine solche Schönheit als Kassiererin arbeitet, kommen vielleicht mehr Kunden zum Einkaufen. Ein umsatzfördernder Gedanke.

„Nein - eine Ausbildung brauchen Sie natürlich nicht", antwortet sie laut. „Aber, verstehen Sie, Erfahrung ist für jeden Job von Vorteil. Deshalb habe ich danach gefragt. Sie haben jedoch recht: wenn Sie fit sind, können Sie die Kasse relativ bald flott bedienen. Wann können Sie anfangen?"

„Am Montag schon, wenn Sie wollen!" Alexandra lächelt scheu.

„Sie möchten diesen Job, nicht wahr?" Die Dame wird eine Spur freundlicher und steht auf.

„Ja - ich würde sehr gerne bei Ihnen arbeiten!"

Gary hält sich diskret zurück. Das ist eine Sache zwischen dieser Dame und seiner Marilyn. Ihm selbst tut es in der Seele weh, dass seine Frau sich halbtags für einen solchen schlecht bezahlten Job förmlich „wegwerfen" will. Aber warum soll sie nicht selbst ausprobieren, ob ihr der Job und das Arbeitsklima zusagen?

„Sie können den Job haben!" Freundlich streckt die Dame Alexandra die Hand entgegen. „Wir fangen jeden Morgen um neun Uhr an. Sie arbeiten von Montag bis Freitag - dann haben Sie am Wochenende viel Zeit für ihren Ehemann!" Sie sendet einen verschmitzten Blick an Gary. „Bitte kommen Sie pünktlich! Mein Name ist übrigens Suzanne! Wir reden uns alle hier mit Vornamen an!"

„Danke, Suzanne! Ich heiße Marilyn!" Alexandra ergreift die dargebotene Hand, deren Finger mit zahlreichen Ringen geschmückt sind.

„Keine Ursache! Also dann am Montag um neun Uhr!"

Alexandra atmet auf, als sie sich bei Gary unterhakt und sie gemeinsam Suzannes Büro verlassen.

Zum zweiten Male fühlt sie sich richtig gut in Australien. Zuerst kam das Hochgefühl, als sie Gary ehelichte. Und jetzt hat sie endlich eine Arbeit!

Skyline von Sydney, vom Circular Quay aus gesehen

15. Kapitel: Kassieren

Ihr Halbtagsjob gefällt Alexandra, auch wenn er Stress bedeutet. Aber endlich fühlt sie sich nützlich, integriert in die australische Gesellschaft, in der sie problemlos Fuß fassen soll.

Vormittags tummeln sich fast nur Damen vor den Kassen mit vollgetürmten Einkaufswagen. Einkaufswagen voller Waren, als ob morgen die Welt unterginge.

Alexandra lernt schnell die einzelnen Waren und deren Preise. Es ist so, als habe sich ihr Gedächtnis für eine gewisse Zeit schlafen gelegt und sei nun wieder zu neuem Leben erweckt.

Meistens kann Alexandra die Waren über einen Scanner ziehen – und die Preise werden automatisch eingescannt. Aber manchmal muss sie auch Nummern und Preise eintippen. Und nicht immer funktioniert der Scanner so, wie er funktionieren soll. Da ist es dann schon sinnvoll, wenn man die Preise kennt.

Damen aller Altersgruppen und Sozialklassen kaufen morgens ein. Da gibt es gestresste Mütter, die ihre Zöglinge ungeduldig hinter sich her zerren. Oder gemütliche ältere Damen, die sich beim Einkaufen Zeit lassen - langsam an den Regalen entlang schlendern, Waren entnehmen und sie vielleicht wieder zurückstellen. Diese Damen lassen sich auch Zeit beim Bezahlen - kramen ausführlich in ihren Geldbörsen und entrichten den fälligen Betrag oft auf den Cent genau.

Nach 16 Uhr mischen sich Berufstätige unter die einkaufenden Frauen. Aber dann weilt Alexandra schon längst wieder in ihrer schmucken Zweizimmerwohnung und verschlingt Bücher über Australien. Oder sie bummelt über den Circular Quay bis hin zum Opernhaus und besucht vielleicht noch das „Queen Victoria Building" mit seinen auserlesenen Boutiquen und Schmuckgeschäften in der Nähe des Rathauses.

Während der Arbeit jedoch schwirrt Suzanne als Leiterin durch den Laden, sieht nach, ob die Regale stets gefüllt sind und beobachtet die Kassiererinnen.

„Marilyn macht sich erstaunlich gut", denkt sie. „Sie ist außerdem ein Blickfang für die Kunden, lässt sich nicht aus dem Konzept bringen – sollte die Hektik noch so groß sein. Und sie hat immer ein Dankeschön für die Kunden übrig - und ein Lächeln." Dann schießt es ihr durch den Kopf, dass sie dieses Lächeln schon irgendwo einmal gesehen hat. Aber sie erinnert sich nicht daran und fährt mit ihrer Arbeit fort.

So vergeht die erste Woche, huscht vorbei in einem atemberaubenden Tempo.

Gary stellt sich eine Frage: Soll er Marilyn in den Gottesdienst mitnehmen?

Schon lange war ich nicht mehr in unserer Gemeinde,“ meint Gary beim Abendessen am Samstag. „Irgendwie vermisse ich das. Hättest du nicht Lust, einmal mitzukommen?“

„Sag bloß - du willst in eine Kirche!“ Alexandra rümpft angewidert die Nase. „Und sicher willst du wissen, ob ich Lust habe mitzukommen!“

„Ja - es würde mich freuen!“

„Keine Chance! Geh' du nur ruhig in die Kirche, ich schlafe dafür länger ...“

„Aber Marilyn, möchtest du dir einen Gottesdienst nicht wenigstens ansehen?“

Entsetzt schüttelt sie ihre dunklen Locken. „Ach, Gary, wenn du nur verstehen könntest! Viele Kirchen haben mich nur enttäuscht - all die leeren abgedroschenen Phrasen, immer dasselbe. Und Leute, die sich während der Woche bei der Arbeit und in Hausbibelkreisen den Mund über abwesende Leute zerreißen, sitzen am Sonntag fromm und artig in der Kirche! Es fehlt nur noch ihr Heiligenschein ... Nein, Gary, von dieser frommen Heuchelei habe ich die Nase voll!“

„Okay.“ Er lenkt ein. „Dann gehe ich also alleine. Aber diese Gemeinde ist anders als die, die du kennst - woher du auch immer kommst!“

Sie schweigt. Schuldbewusst senkt sie ihren Blick nach unten. Wie gerne würde sie ihrem Mann mehr von sich berichten. Damals in Deutschland machten die Kirchen auf sie keinen guten Eindruck. Ein oft lästernder und tratschender Haufen, dem es nur wichtig war, dass man Kirchensteuer zahlte. Der innere Mensch und sein Seelenheil zählten nicht. Das waren oft Kirchne, die nur selten für sie da zu sein schienen. Niemandem dort konnte und durfte sie über ihre gescheiterte Ehe berichten - niemandem über die Beziehung von Harro zu Petra.

Aber sie darf auch heute nichts erzählen. Barnes würde es erfahren - irgendwie. Und dann vielleicht würden ihr die letzten Freiheiten genommen werden, die sie in Australien noch hat.

„Schlafende Hunde soll man nicht aufwecken", sagt ein Sprichwort. Und sie hat sich geschworen, ihrer Vergangenheit radikal den Rücken zu kehren.

Auch wenn es oft wehtut.

17. Kapitel: Sorgen

Mit begeisterten Begrüßungsworten wird Gary von vielen Freunden in der Gemeinde begrüßt:
„Ich habe gehört, dass du geheiratet hast!"
Es sind Freunde, die schon meinten, er käme nicht mehr, irgendetwas an der Botschaft von Pastor Geddes sei ihm bitter aufgestoßen, und er habe es deswegen vorgezogen, die Gemeinde sang- und klanglos zu verlassen.

Aber so ist es nicht. Gary merkt, wie gütig ihn seine „Schwestern und Brüder im Herrn" wieder aufnehmen - so, als sei er der verlorene Sohn aus dem Gleichnis, das Jesus einst erzählte.

Wieder sitzt er an seinem Stammplatz und nimmt die Worte der Predigt in sich auf wie ein trockener Schwamm, den nach Wasser dürstet.

Heute predigt Pastor Geddes über Sorgen:
„Sorgen? Darf ich Sie an das Wort erinnern: Alle eure Sorgen werfet auf Ihn?

Sie entgegnen jedoch:
'Wie oft habe ich meine Sorgen auf den Herrn geworfen, doch immer wieder kullern sie wie große Wackersteine zurück

ins Tal. Habe ich sie nicht mit aller Kraft auf den Hügel des Glaubens gewälzt? Was mache ich falsch? Warum immer wieder die sorgenvolle Unruhe in gewissen Situationen?'

Ja, liebe Gemeinde, der Fehler liegt doch darin, dass wir sehr oft die Begründung, sich nicht sorgen zu lassen, unbeachtet lassen. Schließlich wird uns deutlich in Gottes Wort gesagt:

'All eure Sorgen werfet auf Ihn, DENN Er sorgt für euch!' (1. Petrus 5,7).

Wenn wir mehr auf das DENN achteten, würden wir recht bald unsere Seele zur Vernunft rufen. Schließlich ist das unscheinbare Wörtchen DENN wie ein Paukenschlag, dem die Begründung folgt. Nein, Gotteskinder müssen sich nicht kaputt sorgen!"

Gary horcht auf. Zufällig dieser Satz dringt in seine Gedanken ein wie ein Trost. Gotteskinder brauchen sich also nicht zu sorgen, sondern sich nur auf den Herrn zu verlassen! Aber immer ist es nicht so einfach.

Wehmütig denkt er an seine Frau Marilyn. Warum ist sie nur so schwer zu bewegen, einen Gottesdienst aufzusuchen? Sie benahm sich gestern Abend beinahe so, als wolle er - Gary - sie vergiften. Wie tröstlich wäre es also, diese Sorge ganz dem Herrn zu überlassen.

Vielleicht ist es Zeit, dies ganz einfach mit Gott zu besprechen.

„Hat nicht schon unser himmlischer Vater längst die umfassende Fürsorge für Sein von IHM geliebtes Kind übernommen?", fährt der Pastor fort. „Doch in unserem unverbesserlichen Hochmut meinen wir, selbst da noch unsere Schulter unter Lasten zwängen zu lassen, die Er doch längst im Griff hat.

Die Sorgen auf den Herrn werfen, hat nur Sinn, wenn ich sie auch dort liegen lassen darf! Und genau das will Gott Ihnen heute sagen:

Sie sollen alles, was Sie quält, getrost auf den Herrn werfen und im gleichen Augenblick wissen, WARUM Sie Ihre Sorgen dort abladen können!

Also bitte - vergessen Sie nicht: ‚DENN Er sorgt für euch!' Und das fortwährend!

In Seiner Weitsicht hat Er längst alles in die Wege geleitet, was gut für Sie ist. Doch unser oft unterschwelliger Sorgengeist beleidigt seine Vaterliebe in hohem Maß. Voller Unruhe rutschen wir auf der Bank unserer Ungeduld hin und her, anstatt in Ruhe abzuwarten, wie er es mit uns macht! Wie blamabel für unseren Gott angesichts der himmlischen Heerscharen, wenn wir IHM so wenig zutrauen. Wir sind doch Gegenstand von Gottes Liebe!

Gewiss wäre es total blauäugig, sich um nichts und niemanden zu sorgen. Das Fatale an den Sorgen ist ja nicht, dass sie immer wieder in unseren Gedanken aufsteigen, sondern dass sie ihre niederzwingende Macht über uns ausüben. Das ist es, was uns fertig macht!"

Der Pastor hält inne und trinkt einen Schluck Wasser aus seinem Glas.

„Doch jetzt kommt es: Gotteskinder dürfen den elenden Druck der Sorgen loswerden! Auch Sie dürfen kurz entschlossen den Sack Ihrer Sorgen mit dem Vermerk zurückweisen: 'DENN mein himmlischer Vater sorgt für mich!'

Und nun tun Sie das Nächstliegende, und der Herr wird Ihre Hände lenken, Ihre Füße setzen und Ihre Gedanken mit Seinem Frieden füllen. Bei allem aber - vergessen Sie das Danken nicht, denn diese wunderbare Verheißung gilt auch Ihnen: '... denn Er sorgt für euch!'"

Gary bringt diese Worte wieder zum Nachdenken. Der Herr war sehr gut zu ihm - er gab ihm eine nette und hübsche Frau und eine tolle Eigentumswohnung. Außerdem keine Geldsorgen. Aber Marilyn will von Gott noch nichts wissen. Und so stimmt er aus voller Seele in das Gebet mit ein, das der Pastor spricht. Jedermann möge seine Sorgen jetzt auf den Herrn werfen und in vollem Glauben die Hilfe annehmen und auf sie hoffen.

Gary hat den ersten Schritt getan: er hat sein Problem im Gebet dem Herrn überlassen.

Ein auf alt getrimmtes Segelschiff, das Rundfahrten für Touristen durch den Hafen Sydneys unternimmt

18. Kapitel: Gewissensbisse

Pastor Geddes lächelt und überreicht dem verdutzten Gary eine große Bibel mit Erklärungen.

„Ich habe euch zur Hochzeit ein kleines Geschenk

mitgebracht!"

„Das wäre nicht nötig gewesen - wirklich nicht!" Gary nimmt vorsichtig die Bibel in die Hand und starrt ehrfürchtig auf den gediegenen Lackumschlag, auf dem mit Silberbuchstaben „Bibel nach Luther mit Erklärungen" prangt. Solch ein Stück wagte er sich, in den christlichen Buchhandlungen, an denen er vorbeikam, nie zu kaufen. „Ich freue mich wirklich! Ein so wertvolles Geschenk!"

„Machen Sie sich keine Gewissensbisse!", sagt Pastor Geddes. Er scheint Garys Gedanken zu erraten. „Wissen Sie, wir geben gerne. Aber - das nächste Mal bringen Sie Ihre Frau mit in den Gottesdienst- ja?"

„Ich kann sie nicht zwingen", murmelt Gary fast unhörbar und streicht sich über die braunen Haare. „Aber sie ist wie ein Kleinod. Sie will Jesus noch nicht annehmen, aber ich bleibe dran im Gebet. Die Botschaft, die Sie heute im Namen Gottes verkündigt haben, hat mir einen neuen Denkanstoß gegeben. Wie oft behalten wir unsere Sorgen für uns, weil wir Gott nicht zutrauen, sie zu lösen. Oder, weil wir zu ungeduldig sind und meinen, einen schnelleren Weg zu kennen. Einen Weg, der nicht selten doppelt so lang sein kann."

„Was ich sagen wollte, Gary, dass wir keinen Gebetskrampf veranstalten sollen. Das desillusioniert nur. Wirklich ausdauernde Beter sind nur spärlich gesät. Die meisten Leute geben nach einigen Wochen auf, wenn ihr Gebet keine Erhörung findet. Aber Gott bietet uns doch etwas ganz anderes an: Er will unsere Sorgen vollständig auf Seine Schultern nehmen, Er will sie tragen - und sie zu Seiner Zeit lösen. Das ist das Entscheidende!"

Gary nickt. „Alles erinnert mich an dieses wunderbare Gedicht von Margaret Fishback-Powers aus Kanada. Das Gedicht trägt den Titel 'Spuren im Sand' - kennen Sie es?"

Pastor Geddes lächelt. „Natürlich kenne ich es. Und die Dame musste durch etliche Prüfungen gehen, bis sie endlich sagen konnte, dass dieses Gedicht von ihr stammt. Ja – diese zwei Spuren im Sand, das eine Spurenpaar, das auf einmal aufhört. Und die anklagende Stimme des Menschen, der beide Spuren als die seinigen und die Gottes identifiziert hat. Genauso wie dieser Mensch reagieren auch wir: wir geben vorschnell auf, denken, Gott habe uns in den wichtigsten, schwersten Phasen unseres Lebens verlassen, weil wir nur eine Spur für eine gewisse Zeit sehen und sie als unsere identifizieren. Dabei stammt die durchgehende Spur von Gott - Gott, der uns durch die schwersten Zeiten in unserem Leben hindurch trägt, wenn wir Seine Hilfe annehmen." Er räuspert sich kurz, schüttelt zwei Händepaare von Geschwistern im Glauben, die sich von ihm verabschieden wollen. „Und Gott bietet uns Großes mit unseren Sorgen an - wir brauchen sie Ihm nur abzugeben ...."

Gary denkt noch lange über diese Worte und die Predigt nach, als er mit seinem Auto zu seinem Apartment fährt.

Alexandra sitzt vor dem Fernseher und schaut sich eine Talkshow an. Danach steht ihm nicht der Sinn - am liebsten würde er diese nervenzerfetzenden Diskussionen diverser aggressiver Leute, die sich wegen eines an den Haaren herbeigezogenen Gesprächsthemas beinahe zerfleischen, abschalten.

Aber - so bemerkt er seufzend - er ist ja verheiratet, und auch seine reizende Frau hat Anspruch auf ein bisschen Privatleben und diverse Hobbies und Fernsehsendungen, die ihr gefallen.

„War der Gottesdienst interessant?", fragt sie höflich.

„Ja - sehr! Es ging darum, wie wir mit Sorgen umgehen!"

Aber sie hört schon nicht mehr zu, beißt gedankenverloren in einen roten Apfel und verfolgt beinahe schon hypnotisiert zwei Damen, die sich zum Thema „Hilfe - alle Hosen sind mir zu eng!" pausenlos anschreien und nicht einmal von der Moderatorin im altrosafarbenen schicken Seidenanzug zur Ruhe gebracht werden können.

Gary schreitet in die Küche, um das Mittagessen aufzuwärmen.

19. Kapitel: Janine

Es wird Zeit, dass Gary seiner Frau einige Ereignisse aus seiner Vergangenheit berichtet. Er tut das während eines Spaziergangs mit Alexandra in der Nähe des Observatoriums.

„Ich litt keinen Mangel", erzählt Gary Alexandra. „Meine Eltern besaßen eine Firma – meiner Mutter gehört sie noch -, und schon in meiner Kindheit reisten wir durch ganz Australien und verbrachten faszinierende Urlaube dort. Wir streiften durch den Regenwald im ‚Northern Territory', wir betrachteten das ‚Great Barrier Reef' in Queensland, wir standen staunend vor den Wasserfällen in Tasmanien. Mir und meinem Bruder lasen meine Eltern jeden Wunsch von den Augen ab. Wozu brauchte ich in einem solchen Leben noch Gott? Und so lebte ich in den Tag hinein.

Als ich 17 war, machte ich Bekanntschaft mit illegalen Drogen. Mit Freunden rauchte ich Haschisch, und wir schnupften Kokain. Wir taten all dies aus Abenteuerlust - und, um uns irgendwie erwachsen und mächtig zu fühlen."

Gary blickt in Richtung Observatorium, nimmt die Skyline Sydneys in sich auf und das tiefblaue Meer. Ein schöner Tag heute - die Sonne strahlt. Wie so oft in Australien.

Neben ihm steht seine wunderschöne Frau und scheint andächtig seinen Worten zu lauschen.

„So bist du also nicht christlich erzogen worden, hast das Christentum sozusagen nicht mit der Muttermilch aufgesogen", meint sie. „Das erstaunt mich."

„Das muss dich nicht erstaunen!" Gary zieht seine Jacke glatt, die sich in der Meeresbrise leicht aufbauscht - wie ein kleines Zelt. „Vielen Leuten geht es so. Trotz meiner 'Drogen-karriere' schaffte ich das Abitur, denn süchtig wurde ich Gott sei Dank nie. Ich hätte weiterhin so in den Tag hineingelebt, mich von Süchten und Abenteuerlust treiben lassen. Aber dann lernte ich Janine kennen. Janine, eine reizende Blondine. Es war Liebe auf den ersten Blick.

Janine war nicht so, wie man Blondinen einschätzt. Wobei ‚dumm und blöd' bei Blondinen nur ein Klischee ist. Janine war hochintelligent, und sie war Christin. Sie erzählte mir mehr von Jesus - so, wie ich dir jetzt von Jesus berichte. Natürlich glaubte ich ihr zuerst nicht, ich brachte dieselben Zweifel an wie du. Warum an etwas glauben, was ich nicht sehen kann? Warum sei ausgerechnet das Christentum DIE richtige Religion, wo es doch so viele Religionen auf der Erde gibt? War es nicht anma-ßend zu behaupten, nur das Christentum sei die einzig wahre Religion?

Janine las mit mir in der Bibel und war sehr geduldig. Wir diskutierten miteinander. Sie lebte ihr Leben als Christin, und ich brachte weiterhin unermüdlich alle denkbaren Argumente gegen das Christentum vor, die mir einfielen. Und Janine wider-legte sie alle - Stück für Stück. Sie schaffte es, dass mir die Ge-genargumente ausgingen - mir blieb eigentlich nichts anderes übrig, als mich zu bekehren. Ich habe es bis heute nie bereut."

„Was passierte mit Janine?", will Alexandra wissen.

„Sie ist tot." Er haucht diese Worte in die sanfte Brise, die vom Pazifik her über ihre Haare streicht.

Alexandra zuckt zusammen. Sie wusste nicht, dass dieser sanfte, geduldige Mann schon so viel durchgemacht hat. Sie dachte, nur sie müsse ein schweres Los tragen - eine Dame her-ausgerissen aus ihrer natürlichen Umgebung, eigentlich tot für alle, die sie als Alexandra kannten und liebten. Aber immer noch lebendig - als anderer Mensch, mit einer anderen Identität, in einem anderen Land.

Gary dreht sich zu ihr um, taucht seinen Blick in ihre Augen. Und er denkt schon wieder, dass ihm diese Frau so bekannt vorkommt. Aber er weiß nicht, wo er sie schon vor seiner Kontaktanzeige gesehen haben sollte.

„Ja - Glauben und ein Leben mit Jesus sind nicht immer eitel Sonnenschein", fährt er fort. „Aber wir wachsen aus jeder Prüfung, gehen gestählt hervor und werden immer stärker, auch wenn wir vorher dachten, wie schwach und unvermögend wir doch seien."

Er räuspert sich und erzählt weiter:

„Ich sollte berichten, wie Janine starb. Es war sehr hart für mich - jetzt waren wir doch beide Christen und wollten unseren Weg gemeinsam weitergehen. Sicherlich hätten wir geheiratet - aber plötzlich wurde bei Janine Leukämie, also Blutkrebs, festgestellt. Sie hatte keine Chance mehr - und Knochenmarktransplantationen gab es damals noch nicht. Die Interferonspritzen, die man ihr gegen diese tödliche Krankheit verabreichte, zeigten keinerlei Erfolg.

Körperlich verfiel Janine immer mehr - und ich haderte mit Gott. Warum musste dies der Frau, die ich inniglich liebte, geschehen? Andererseits wurde Janine im Glauben immer stärker - sie wuchs förmlich über sich hinaus, und sie verströmte eine Kraft, die so viel Trost ausstrahlte. Sie hatte absolut keine Angst vor dem Tod, erzählte jedermann von Jesus, den sie nun bald wiedersehen würde. Und ironischerweise rüttelte sie mit dieser Botschaft viele Leute auf, die vorher nie etwas von Gott wissen wollten.

Ich blieb an Janines Seite, bis sie starb. Bleich und ausgemergelt lag sie in den weißen Kissen des sterilen Krankenhausbettes und lächelte immer noch. Und ich spürte auf einmal: Ja, Janine war Jesus begegnet.

Natürlich dauerte es sehr lange, bis ich Janines Tod überwunden hatte. Ich wollte lange Zeit keine Beziehung mehr, fühlte mich aber ohne Frau so alleine. Ich muss zugeben, ich schöpfe so viel Kraft aus dem Glauben, aus der Nähe mit Gott, aus Seinem Wort, der Bibel.

Und Gott belohnt mich jeden Tag aufs Neue. Mit Seiner Gnade, Seiner Güte und Seiner Treue.

Seitdem ich mein Leben Jesus Christus übergeben habe, wurde auch mein Verhältnis zu meiner Familie, die sich dank meiner 'Drogenkarriere' etwas von mir distanziert hatte, wieder inniger. Und in der Gemeinde habe ich viele gute Freunde gefunden. Ist dies nicht auch schon ein Beweis für Existenz von Jesus Christus?"

20. Kapitel: Kampf

Vielleicht ist dies ein Beweis für Gottes Existenz", gibt Alexandra zu, immer noch bewegt von Garys Zeugnis, das er in der Nähe des Observatoriums abgegeben hat. Ein Zeugnis für Gott. „Aber Gary, bitte verstehe mich." Sie dreht sich um - abrupt. „Ich kann diesen Schritt noch nicht tun. Jetzt noch nicht."

Er nickt und sieht deutlich, wie sie innerlich mit sich kämpft. Einerseits möchte auch sie von Gottes Gnade kosten, die Privilegien in Anspruch nehmen, die Gotteskinder haben. Andererseits möchte sie ihren Platz in der Welt noch nicht aufgeben. Ein Platz, nach außen hin so fest - geprägt von ihrer Kindheit, der Scheidung ihrer Eltern, einer unglücklichen Ehe, Astrologie und Aberglauben. Dieser Platz in der Welt ist jedoch in Wirklichkeit so zerbrechlich. Aber das sieht Alexandra noch nicht.

„Marilyn!" Wieder taucht sein Blick in ihre wunderschönen blauen Augen, und er denkt, dass sie nicht zu ihrer Haarfarbe passen. „Ich sehe, wie Gott und die Welt gegeneinander in dir ringen. Aber Gott ruft dich jetzt und heute - du kannst dich nur für oder gegen Ihn entscheiden. Ein Zwischendrin, einen Kompromiss, gibt es in diesem Fall nicht!"

Sie schluckt und kämpft mit aufsteigenden Tränen. Warum windet sie sich so - was ist denn noch von ihrem Leben übrig, das unbedingt bewahrungswürdig wäre - ohne Gott? Sie hat so viel verloren, ihren Ehemann, ihre Kinder, ihre Verwandten, ja - sogar ihre Identität ... Und sie weiß, es gibt keinen Weg zurück.

Sie kämpft, so wie viele kämpfen, die vor der Entscheidung stehen, Jesus Christus in ihr Leben zu lassen. Und so, wie viele noch kämpfen werden. Gott ruft jeden vielleicht zwei- bis dreimal im Leben - und dann muss man Seine Hand ergreifen. Seine Hand, die den Eintritt in das größte, schönste und zukunftssicherste Abenteuer des Lebens bietet. Und das Ewige Leben obendrein.

„Ich muss heute Abend noch - fort", flüstert sie. „Wenn wir noch zum Kaffeetrinken oder Mittagessen gehen wollen, sollten wir das gleich tun!"

Sie will ablenken, und Gary blickt auf seine Swatch-Armbanduhr. Erstaunlicherweise ist es schon halb drei.

„Wohin willst du? Eine Arbeitskollegin besuchen?" Er streicht sich über die braunen Haare, die wie Bronze im Sonnenlicht leuchten.

„Nein - ich möchte mit Barnes reden!"

„Oho - Barnes!" Er zieht die Augenbrauen hoch. Was will sie von Barnes? Aber wie so oft, beschließt er, sie nicht zu fragen. Stattdessen sagt er: „Ich kenne ein anständiges italienisches Selbstbedienungsrestaurant gleich hier in der Nähe! Dort können wir etwas essen."

Und so lotst er sie durch die Straßen, zurück zum Circular Quay. Tatsächlich ergattern sie draußen einen freien Tisch und genießen einen wunderbaren Blick auf die an- und ablegenden Fährschiffe. Und auch das Essen schmeckt.

21. Kapitel: Freiheit

Barnes muss sich heute einiges von Alexandra anhören.

„Ich fühle mich bevormundet", klagt sie ihm ihr Leid. Barnes sitzt ihr gegenüber und rührt ruhig in seinem Cappuccino.

„Bevormundet? Wie meinen Sie das? Ist Gary nicht gut zu Ihnen?" Seine Augen blicken besorgt.

„Nein - von Ihnen!" Die Antwort kommt, wie aus der Pistole geschossen.

Seine Augenbrauen zucken wie in noch nie gekanntem Schmerz zusammen. 'Jetzt kommt es', denkt er. 'Sie will mich los werden - ihren Anstandswauwau, ihren Aufpasser, ohne den sie doch nicht so frei ist, wie sie es gerne wäre.'

„Warum?" Er versucht, unschuldig zu klingen. „Was habe ich Ihnen getan? Hetze ich Ihnen Detektive hinterher, die Sie bis ins Schlafzimmer verfolgen? Lese ich Ihre Post? Gehe ich Schritt für Schritt Ihrem Mann hinterher - selbst zu seiner Arbeitsstelle?"

„Nein - so ist es nicht?" Sie ringt nach Worten. „Sie sind immer irgendwie da - als Kontrolle, als geheimer Mann im Hintergrund. Und doch nicht so geheim. Aber dank Ihnen fühle ich mich nicht so frei, wie ich mich fühlen sollte. Verstehen Sie das?"

„Was wollen Sie von mir, Marilyn? Ich darf Ihnen nicht sagen, wer mich engagiert hat. Aber glauben Sie, ich mag Sie als Mensch. Und ich finde es ebenfalls nicht richtig, was mit Ihnen passiert ist - wie Sie in dieses Land kamen. Aber glauben Sie mir - ich bin auch hier zu Ihrer eigenen Sicherheit!"

„Sicherheit?" Sie lacht höhnisch. „Ist es nicht sicher genug, dass ich verheiratet bin, dass ich einen netten Mann habe, ein nettes Heim, in dem ich mich sicher fühle? Ich werde nicht nach Deutschland telefonieren - nein! Denken Sie, ich habe Lust, mich als Alexandra identifizieren zu lassen? Die Alexandra, die in der Welt gestorben ist? Und von all den Paparazzi, all dem Wirbel um meine Person habe ich genug! Die einzige Sache, die mich immer noch schmerzt, ist, meine Kinder aufgegeben zu haben ..."

„Ihren Kindern geht es gut, glauben Sie mir!"

„Sie lenken ab, Barnes! Bleiben Sie bitte beim Thema: Warum sind Sie immer noch mein Beschützer, mein Anstandswauwau, mein Kontrolleur?"

„Ich darf es Ihnen nicht sagen - wirklich nicht!"

„Die Fürstenfamilie Blauberg-Schön hat Sie engagiert, nicht wahr?" Ihre Stimme klingt bitter.

„Marilyn, bitte regen Sie sich nicht so auf! Wie kommen Sie auf diesen Gedanken?"

„Ali Ben Sabas Vater konnte es nicht sein - oder gar seine Verwandtschaft. Das traue ich ihnen nicht zu. Aber das Fürstenhaus – die sind zu allem fähig!"

Er fühlt sich langsam in die Enge getrieben und tupft sich den Schweiß von der Stirn. Ja, die Blauberg-Schöns hatten alles so gut eingefädelt, der Unfall am Piz Linard in der Schweiz kam ihnen gerade richtig. Inszeniert hatten sie ihn nicht - nein, wer ist schon so gemein? Aber, als Alexandra dann im Krankenhaus mit dem Leben rang, witterten sie ihre Chance.

„Waren es die Blauberg-Schöns - ja oder nein?" Sie fährt von ihrem Platz hoch. Ihre Augen funkeln. Blitze scheinen Schwertern gleich aus ihnen hinauszuschießen.

'Wenn Blicke töten könnten', denkt Barnes.

„Bitte werden Sie vernünftig", fleht er sie an. „Wirklich - ich bin vorwiegend zu Ihrem Schutz da ...!"

„Ich pfeife auf Ihren Schutz!" Abrupt dreht sie sich um, schwingt ihre Handtasche über die Schulter und stolziert rasch aus dem Café.

Sydney – am Hafen, in der Nähe von „The Rocks"

22. Kapitel: Supermarkt

Montagmorgen im Supermarkt. Alexandra bemerkt, dass dieses „Einkaufsparadies" erstaunlich viele Stammkunden hat. Zum Beispiel einen ungefähr 45-jährigen dunkelhaarigen Familienvater im karierten Flanell-

71

hemd, dessen Frau wohl für das Wohlergehen der Familie das Geld verdient, während er fast jeden Tag mit seinen zwei- und fünfjährigen Kindern Lebensmittel einkauft. Oder der lässige Herr mit blonden Strähnen, der stets ein „Lager-Bier" kauft und dann draußen einen Stumpen nach dem anderen qualmt. Ob das wohl einer der vielen Obdachlosen Sydneys ist?

Oder der Aborigine mit der Lederweste, der gerne fünf Minuten neben der Eingangstür des Supermarktes steht, bevor er seine Einkäufe tätigt. Jeden Abend trifft er Leute, aber jeden Abend andere. Das zumindest erzählt er Alexandra, die flott Geld für Vanillemilch, frische Queensland-Butter und Vollkornbrot bei ihm abkassiert.

Das Pärchen, das jeden dritten Tag eine Portion Käsenudeln neben etlichen Pfund Kartoffeln und Zwiebeln kauft, hat Alexandra ebenfalls schon bemerkt. Vielleicht zählen die beiden zu den zahlreichen „Öko-Freaks" in Sydney, deren Anzahl immer größer wird. Oder die Frau kann nicht kochen, deswegen verzehren sie wohl mindestens abwechselnd an einem Tag Bratkartoffeln, am nächsten Käsenudeln.

Alexandra prägt sich noch viele andere Gesichter ein - von Menschen, die sie beinahe jeden zweiten Tag sieht.

Die Einkaufshalle schwillt an von Stimmengewirr, Klappern von Dosen und Gläsern, die emsige Kunden eifrig in ihre Wagen häufen. Es gibt viel zu tun. Alexandra scannt Ware und tippt Zahlencodes wie eine Weltmeisterin, wenn der Scanner Probleme hat. Sie zählt Geld nach und gibt Geld heraus. Alles muss stimmen, die Arbeit verlangt höchste Konzentration.

Und auch Suzanne flitzt umher, füllt Regale auf, nimmt abgelaufene Ware heraus und stapelt diese in einen Wagen. Diese Ware können sparsame Kunden dann zur Hälfte des Originalpreises erstehen.

Aber ein Mann ist Alexandra unsympathisch, und zuerst kann sie sich nicht erklären, warum. Sind es seine ständig strähnigen, ungewaschen wirkenden Haare? Oder die gelben Zähne? Nein, eher die Art, wie er sie ansieht, denkt Alexandra.

Zuerst sagt er nichts, bezahlt nur seine Ware. Aber er mustert Alexandra genauestens. So genau, dass ihr unwohl wird. Dabei hat doch der Schönheitschirurg gute Arbeit geleistet. Sie kann sich als Frau wieder sehen lassen - von ihrem Krankenhausaufenthalt ist ihr nichts anzumerken.

Nur dieses Lächeln erinnert daran, wer sie mal war. Alexandra von Blauberg-Schön.

Das scheint jenen strähnigen Typ aufmerksam zu machen. Manchmal, wenn er im Supermarkt ist, fühlt sich Alexandra wie eine Gejagte, weil sie merkt, wie intensiv er sie mustert.

Eines Tages sagt er das, was sie schon immer befürchtet hatte. Das, was sie nie hören wollte:

„Du bist nicht die, die hier sitzt. Du bist nicht die, die du vorzugeben scheinst. Du bist jemand anderes."

Alexandra erschrickt. Ihr Lächeln, mit dem sie die Kunden so freundlich einlullen kann, erstirbt jäh. Aber sie versucht, sich nichts anmerken zu lassen.

„Was reden Sie für einen Unsinn? Wer sind Sie überhaupt?"

„Das tut nichts zur Sache, Schätzchen." Er grinst hämisch, entblößt seine von vielen Zigaretten gelb gefärbten Zähne. „Es fiel mir nur auf. Wirklich - du erinnerst mich an jemanden, den ich kenne."

„Das hat nichts zu sagen! Ich kenne Sie nämlich nicht!" Alexandra hat sich wieder in der Gewalt und wirkt forsch. „Es gibt zahlreiche Leute, die sich ähnlich sehen. Man sieht es doch schon an den Schauspielern - gewisse Szenen in einem Film werden von anderen gespielt. Leuten, die dem jeweiligen Schauspieler oft ähnlich sehen!"

Die Unterhaltung wird jäh unterbrochen von einer älteren Dame, die ungeduldig seit einigen Minuten wartet. Ihre Waren sind sorgsam auf dem Fließband gestapelt, und sie möchte endlich zahlen.

„Was soll das, junger Mann?", krächzt sie ungehalten. „Sie halten ja den ganzen Verkehr vor der Kasse auf. Haben Sie jetzt alle Waren bezahlt?"

„Ja", antwortet der „Strähnige" ruppig. „Solchem alten Gemüse wie Ihnen sollte das Betreten des Supermarktes verboten werden!"

Die Dame blickt entsetzt - so wie alle, die diesen Satz gehört haben, aber der „Strähnige" hat bereits schnell den Laden verlassen.

„Unerhört - eine Frechheit!", hört man die umstehenden Kunden raunen. Und ein Herr stützt die ältere Dame, die sich vom Schreck dieser Bemerkung immer noch nicht ganz erholt hat.

Alexandra tippt rasch weiter und versucht, diese ekelhafte Szene zu vergessen. Aber ganz will ihr dies nicht gelingen.

Einige Tage später kreuzt dieser unheilvolle Geselle wieder im Supermarkt auf. Alexandra hält den Atem an, zwingt sich zur Ruhe.

In aller Seelenruhe kauft dieser unsympathische Mann Wodka, weiße Bohnen, Fischkonserven und Zucchini ein. Dann schiebt er den Wagen an Alexandras Kasse und lächelt boshaft:

„Hör zu - du Luder. Ich weiß, dass du die tot geglaubte Alexandra von Blauberg-Schön bist. Eindeutig. Meinst du denn, ich erinnere mich nicht mehr daran, wie ihr - dein Mann und du - ein großes Linienschiff in Sydney eingeweiht habt? Ein Schiff, das auf der Werft des Bruders deines Mannes gebaut wurde! Und seitdem bist du immer wieder in allen Klatschblättern Australiens erschienen! Du bist tot, aber wohl doch nicht? Was ist das? Ein Skandal? Ein Wunder? Ich kann diese Tatsache an die Öffentlichkeit zerren, ich kann einen Skandal verursachen. Das willst du doch nicht, oder?"

Alexandra schluckt. Woher weiß dieser Typ die Wahrheit über ihre wahre Identität?

„Sie müssen verrückt sein! Wer hat Ihnen diesen Floh ins Ohr gesetzt? Hören Sie endlich damit auf, mich zu belästigen!", ruft sie laut.

Seine Augen blitzen wie tausend Schwerter. Irgendwie sieht er irre aus, schießt es Alexandra durch den Kopf. Irgendwie wahnsinnig.

„Du hast eine Chance!" Seine Stimme klingt bedrohlich. „Eine Nacht lang wirst du mir zu Diensten sein. Ich wollte schon immer mal mit einer Fürstin schlafen! Überlege es dir gut ..."

Was? Zu Diensten sein? Alexandra schwant Übles. Und ihr schaudert vor der Vorstellung, diesen ekelhaften Mann nahe an ihrem Körper zu spüren, ihm ausgeliefert zu sein. Nein, das will sie nicht!

„Ich bin verheiratet", meint sie ungehalten. „Und wenn Sie mich noch einmal belästigen, lasse ich Ihnen Ladenverbot erteilen!"

„Das werden wir ja sehen!" Siegesgewiss packt er seine Einkäufe und rennt aus dem Laden, noch bevor Alexandra antworten kann.

23. Kapitel: Alpträume

Während Alexandra unausgeschlafen durch das Unterwassermuseum in der Nähe von Circular Quay schlendert und versucht, sich trotzdem von Haien und anderen Meeresbewohnern faszinieren zu lassen, wird Gary den Gedanken nicht los, dass sie im Moment Probleme hat. Warum sonst wurde sie in den letzten Nächten von zahlreichen Alpträumen gequält und schreckte immer aus dem Schlaf, schoss zielgerade mit weit aufgerissenen Augen von ihrem Bett hoch und riss auch Gary aus seinem wohlverdienten Schlummer?

Tagsüber beißt sie die Lippen zusammen. So, als ob sie irgendwas, was sie erleichtern könne, absichtlich in sich verschließt. Gary beschließt, mit Barnes Kontakt aufzunehmen, den er schon längere Zeit nicht mehr gesehen hat.

Und so ruft er den Anwalt an, während Alexandra lustlos in ihrem Cappuccino rührt. Gary hat sich entschuldigt, er müsse „mal austreten". Nur, damit Alexandra keinen Verdacht schöpft.

„Hallo!" Barnes ist in seinem Büro. „Wer ist da?" Viele englischsprachige Zeitgenossen melden sich nur selten mit ihrem Namen - das Wort „hallo!" am Beginn eines Telefonats ist ganz normal.

„Ich bin es - Gary. Sie wissen schon - Marilyns Gatte!", stellt er sich höflich vor.

Barnes scheint sich sichtlich zu freuen. „Gary - wie nett, Sie zu hören! Wie geht es Ihnen beiden denn?"

„Uns geht es ganz gut", meint er. „Das Eheleben klappt wunderbar, auch mit unseren Jobs sind wir zufrieden. Aber manchmal mache ich mir Sorgen um Marilyn. Ein Problem scheint sie zu quälen. Seit einigen Nächten plagen sie Alpträume. Sie schreckt mitten in der Nacht hoch und schreit. Und am Morgen erscheint sie jedes Mal mit fürchterlichen Ringen unter den Augen. Wenn ich sie nach ihren Problemen frage, weicht sie mir allerdings ständig aus. Dann meint sie, ich könne ihr auch nicht helfen. Aber vielleicht können Sie es."

„Sie arbeitet immer noch in diesem Supermarkt?"

„Ja, um sich ein wenig Geld dazuzuverdienen. Wahrscheinlich hauptsächlich zur Selbstbestätigung."

„Vielleicht ist dort ihr Problem zu suchen. Ich fürchte jedoch, wenn ich sie um eine Aussprache bitte, wird sie das Treffen nicht wahrnehmen." Barnes schluckt. „Aber ich könnte einige Male als Kunde in diesem Laden einkaufen. Obwohl ich eine längere Anfahrtsstrecke auf mich nehmen müsste."

„Ja, das wäre eine gute Idee!" Gary atmet auf. „Würden Sie das wirklich für mich - für uns - tun?"

„Okay - ich mache es. Aber einen Erfolg kann ich Ihnen nicht versprechen. Ich werde die Leute beobachten - und nicht zu lange im Supermarkt bleiben, um keinen Verdacht zu erregen."

Mosman's Bay

24. Kapitel: Einkaufen

Die „Monorail" in Sydney war einst eine Elektrobahn, die diverse Orte und Plätze in der Innenstadt miteinander verband. Eine schnelle und umweltfreundliche Bahn auf Metallsäulen, die lautlos unaufhörlich im Kreis herum sauste.

Diese Bahn war eine gute Idee, findet Barnes. Deswegen ist er traurig, dass sie seit 2013 nicht mehr fährt. Er hat sie oft genutzt – ist also häufig von A nach B gefahren.

Anfangs war die „Monorail" sehr umstritten bei den Australiern. Aber auch das Opernhaus entfachte nach seiner Fertigstellung harte Diskussionen. Dann war die Monorail lange Zeit nicht mehr aus Sydney wegzudenken. Aber 2013 musste sie weichen – der Platz wurde benötigt, um ein anderes – wichtiges und großes Gebäude zu errichten.

Barnes fährt zwar auch sehr gerne mit den Bussen, Bahnen und Fähren in Sydney – aber die Monorail vermisst er.

Ansonsten verhalten sich die Australier weniger umweltfreundlich. Glas und Metall und auch Plastikmaterialien landen im Hausmüll, auch bunte Prospekte und Kataloge. Was unterdessen wiederverwertet wird, ist Zeitungspapier. Und trotz Wassermangels weltweit gehen die Australier relativ verschwenderisch mit diesem wertvollen Nass um.

An all das denkt Barnes, als er sich in der Nähe des „Chinesischen Gartens" umsieht. Ein schöner Morgen, die Sonne steigt gerade über den riesigen Hafen hinauf. Die richtige Atmosphäre für einen Spaziergang - zum Supermarkt, in dem Alexandra als Kassiererin arbeitet.

Forsch schreitet Barnes eine lange Hauptstraße entlang, schwenkt dann in eine Seitenstraße ein, dann in noch eine - und schon steht er vor den großen Leuchtbuchstaben des Supermarktes.

Drinnen herrscht emsiges Treiben. Mütter, die ihre Kinder soeben im Kindergarten abgeliefert haben, erledigen jetzt ihre Einkäufe. Ältere Herrschaften, die nicht mehr so lange schlafen können, kramen nach Wurst- und Gemüsedosen. Und Alexandra tippt und scannt emsig.

Sie bemerkt nicht, wie Barnes durch die gläserne Eingangstür kommt und die Regale entlang schreitet. Was könnte er heute gebrauchen? Eine Dose mit Wiener Würstchen, dazu eine Packung Kartoffelbrei, ein Glas Apfelmus zum Nachtisch. Zum Trinken vielleicht eine Dose Cola. Alles zieht er aus den Regalen, verstaut es sorgfältig in seinem Einkaufskorb und überlegt, was er noch kaufen könnte.

Zwei muntere Australier reißen ihn aus seinen Gedanken. Sie scheinen sich Ewigkeiten nicht mehr gesehen zu haben, klopfen sich auf die Schultern und begrüßen sich mit „G'day, Mate!"

Dann plaudern sie munter drauflos, die Unterhaltung scheint einem sprudelnden Wasserfall gleichzukommen.

Ein angenehmes Arbeitsklima, schießt es Barnes durch den Kopf. Wer oder was könnte Alexandra bedrohlich werden?

Er spaziert an den Regalen entlang, scheint angestrengt etwas zu suchen, sucht aber doch nichts. Immer behält er Alexandra im Auge. Jedoch fällt ihm nichts Unangenehmes auf. Und so zahlt er schließlich bei ihrer Kollegin, um bei ihr keinen Verdacht zu erregen.

Von Alexandra unbemerkt, verlässt er den Supermarkt. Er wird an einem anderen Morgen wieder hier einkaufen. Zu einer anderen Zeit.

25. Kapitel: Belauscht

Unruhig tigert Barnes in seinem Büro herum. Seine Arbeit kann er nur unkonzentriert erledigen. Der Gedanke, dass Alexandra in ernstzunehmenden

Schwierigkeiten steckt, lässt ihn nicht los, krallt sich um seine Sinne wie eine Klammer. Und so macht er sich nur zwei Tage später wieder auf den Weg zu dem Supermarkt.

Natürlich gab er Gary einen kurzen Bericht ab. Nein, er habe nichts Außergewöhnliches bemerkt, die Kunden seien ruhig und nett, ein angenehmes Arbeitsklima herrsche und Marilyn erledige ihre Arbeit vorbildlich. Was sonst wolle Gary hören?

Gary jedoch war sich anderer Meinung, glaubte, Marilyn werde ernsthaft bedroht. Sie scheint ihre Ängste immer noch mit sich herumzutragen wie einen schweren Ballast. Die Alpträume existierten nach wie vor - Marilyn leide unter schweren Ringen unter den Augen. Man müsse dem armen Mädchen doch helfen können!

Deswegen schreitet Barnes wieder durch die kühle Sydneyer Morgenluft - direkt unter dem strahlendblauen australischen Himmel, in dem ihm die aufgehende Sonne aus voller Kehle entgegen lacht.

Es verspricht, ein perfekter australischer Tag zu werden.

Barnes schmunzelt, als er den Namen „Last Train To Peking" liest. Hierbei handelt es sich um ein chinesisches Restaurant, das in der Nähe des „Chinesischen Gartens" liegt. Gut, das gibt dem Namen seine Berechtigung!

Die Australier haben ohnehin Probleme bei der Namensfindung von Orten, Stadtteilen oder Straßen. Wie gut, dass man auf einige Aborigine-Namen, wie „Woolomaloo" oder „Wollongong", zurückgreifen kann!

Ein Stadtteil Sydneys wurde sogar nach einem Deutschen namens „Leichhardt" benannt. Ein Mann, der zu Anfang des 20. Jahrhunderts auf der Suche nach Gold und neuen Abenteuern auf Entdeckungsreise in den Dschungel Australiens aufbrach, aber nie wieder zurückkehrte. Ob er von Kannibalen verspeist wurde oder irgendwo im Busch verhungerte, wurde bis heute nie geklärt. Die Australier verehrten ihn als Held, sein Verschwinden war ungeheuerlich und rätselhaft. Zum Gedenken an diesen Helden heißt ein Stadtteil nach ihm.

Wieder findet Barnes den Supermarkt ohne Probleme und tritt ein. Zwei Familien haben sich zwischen den Regalen getroffen und unterhalten sich über den neuesten Klatsch. Sanfte Instrumentalmusik durchzieht beruhigend den Raum.

Plötzlich bemerkt Barnes den Mann mit dem strähnigen blonden Haaren im schweißgetränkten Flanellhemd, der sich triumphierend vor Alexandra aufgebaut hat, die Hände in den Hosentaschen wie ein Macho. Barnes nähert sich unauffällig und hört die folgenden Worte:

„Na, du verkappte Fürstin! An welchem Abend hast du für mich Zeit?"

Alexandra schluckt und versucht, ihre Fassung zu bewahren.

„Ich weiß nicht, wer Ihnen diesen Floh ins Ohr gesetzt hat. Zum letzten Male: ich heiße Marilyn Benton-Stout, bin mit einem Australier verheiratet - und wenn ich der legendären Fürstin Alexandra aus Deutschland ähnlich sehen sollte, so ist das reiner Zufall! Verstanden?"

Er hält seinen Kopf nahe an ihren, und sie spürt eine Wolke üblen Mundgeruchs. Erschreckt zuckt sie zur Seite - und Barnes, der die Szene mit Spannung beobachtet, zuckt ebenfalls.

„Mädchen - mach' es mir doch nicht so schwer! Was glaubst du, wie viel Kohle ich einsacken kann, wenn ich in die Welt setze, dass du Alexandra bist? Wirklich, ich bin ein großer Menschenfreund, verzichte großherzig auf viel, viel Geld - und verlange nur einen kleinen Gefallen von dir! Ist das denn so schwer zu begreifen?"

Alexandra merkt nicht zum ersten Male, dass sie einen psychisch gestörten Menschen vor sich stehen hat. Und diese Menschen sind besonders unberechenbar.

„Ich muss es mir noch überlegen!", stottert sie und wechselt den Rechenstreifen an ihrer Kasse.

Er scheint sich mit dieser Antwort zufriedenzugeben.

„Okay, Schätzchen! Aber nicht zu lange! Morgen will ich deine Antwort wissen!"

Die Gedanken überschlagen sich wie Purzelbäume in ihrem Kopf, während sie mechanisch Zahlen über Zahlen in ihre Kasse tippt und Waren über den Scanner zieht. Warum muss nur solch ein scheußlicher Mann zu den Kunden dieses Supermarktes zählen?

Alexandra getraut sich nicht, Suzanne von den Drohungen dieses Mannes zu berichten. Suzanne könnte ihm ohne weiteres ein Hausverbot aufbrummen - das wäre nicht das Problem. Aber dieser Mann könnte sich rächen und ihr – Alexandra - ohne weiteres draußen auflauern. Dann, wenn sie alleine wäre, auf dem Weg nach Hause und niemand sie sähe!2

Und dieses Risiko ist ihr zu groß. Vielleicht gäbe es eine Möglichkeit, sich diskret in einen andren Supermarkt versetzen zu lassen? Erleichtert atmet sie auf. Ja, sie wird Suzanne gleich morgen diesen Vorschlag unterbreiten.

Wen sie diesmal wieder nicht bemerkt, ist Barnes, der an einer Nachbarkasse seine Einkäufe bezahlt und dann hastig nach draußen rennt. Auch er ist entsetzt. Nun weiß er, vor wem Alexandra Angst hat. Er hat zwar nicht jedes Wort verstanden, aber genug, um weitere Maßnahmen zu ergreifen.

Deshalb flieht er wieder in die kleine Kirche nach „Little Bay", um in der Ruhe ein bisschen Kraft zu tanken. Und, um Weisheit zu erbitten von dem Gott, zu dem sich sein Herz immer noch nicht bekehren will.

Opernhaus und Harbour Bridge in Sydney

26. Kapitel: Barnes

Hektisch ist dieser Morgen – wie so oft. Aber warum kauft Barnes in diesem Supermarkt ein? Irgendwie traut Alexandra ihren Augen nicht - sie muss zweimal hinsehen. In ihrem Hinterkopf hallen noch die Worte des „Strähnigen" nach: „Süße - du wirst hoffentlich deine Entscheidung nicht vergessen!"

Sein Lachen wirkte so unverschämt, so teuflisch auf sie. Und sie fürchtete, im Boden versinken zu müssen. Sie fühlt, sie müsse bald handeln – sehr bald! Und so beschließt sie, heute mit Suzanne zu reden.

Aber Suzanne hat heute ausgerechnet einen Tag Urlaub genommen.

Jedoch verfolgt sie Barnes mit ihren Blicken. Barnes, der die Regale entlang schreitet und langsam Dosen, Gläser und Obst in seinen Einkaufswagen häuft. Wie gerne würde sie ihm ihr Herz ausschütten! Aber hat nicht sie selbst ihn „in die Wüste geschickt", indem sie sagte, sie brauche seinen Schutz nicht mehr?

Langsam schreitet Barnes zur Kasse. Diesmal zu Alexandras Kasse. Nicht viele Kunden kaufen im Moment in diesem Supermarkt ein, der „Strähnige" ist noch nicht erschienen, um seine tägliche Anmache zu starten.

„Sie haben ein Problem mit einem Kunden hier, nicht wahr?", raunt er ihr zu.

Alexandra schweigt.

„Sie können mir alles sagen - wirklich!"

„Ja, Sie haben recht!", presst sie gequält hervor. „Er kommt jeden Tag - und ..." Sie zögert. „Er meint, meine wirkliche Identität erkannt zu haben. Schon mehrmals drohte er mir, meine wahre Identität aufzudecken, wenn ich nicht mit ihm ins Bett gehe."

„Ich werde zwar nie verstehen, wie er Sie erkennen konnte. Der Schönheitschirurg hat fabelhafte Arbeit geleistet! Aber - Sie müssen hier weg!" Hastig legt Barnes das Geld für seine Einkäufe vor Alexandra hin. „Haben Sie noch keine Versetzung in einen anderen Supermarkt beantragt?"

„Ich wollte das heute tun. Aber Suzanne, die Filialleiterin, hat leider Urlaub!"

„Ich werde sehen, was ich tun kann! Bis dahin entspannen Sie sich!"

Er sieht, wie Marilyn wieder lächelt. Ihr unverwechselbares Lächeln.

Langweilig ist es Alexandra nicht, als sie faul am Strand von „Manly Beach" liegt. Sie lässt sich die australische Sonne auf die Haut scheinen. Natürlich hat sie sich vorher eingecremt.

Sie liegt da, umgeben von nett plaudernden Australiern. In der Ferne stehen aufgerichtete Olivenbäume, strecken sich in den Himmel, umrahmt von flirrendem Sonnenlicht.

Sanft rinnt der Sand durch Alexandra Hand. Sie liegt am Strand, fühlt sich hier sicher. Andererseits lassen sie die Sorgen nicht los. Die Drohungen des unheimlichen Mannes mit den strähnigen Haaren gären in ihrem Magen wie unverdautes Fleisch. Aber hat Barnes nicht gesagt, er werde ihr helfen? Barnes, der liebe, gute Barnes! Sie hat ihm Unrecht getan, wie sie jetzt erkennt.

Alexandra liegt unter der warmen Sonne Australiens, in einem der schönsten Länder der Erde, und kann sich nicht richtig freuen. Und so flieht sie in das Buch, das ihr Gary schenkte. Sie beneidet die Krankenschwester, die sich nach einem Glaubensausflug zum Buddhismus doch noch zum Christentum bekehrte. Weil sie begriff, dass Jesus nicht nur am Kreuz starb, sondern nach Seinem Tode wieder auferstand!

Welcher der anderen Glaubenspropheten tat dies? Keiner.

Dies ist schon wieder ein Ansatzpunkt, um über den christlichen Glauben, über eine Lebensübergabe an Jesus Christus nachzudenken.

Je mehr Marilyn liest, desto mehr werden ihre Zweifel erschüttert. Sie liest von dem Physiker, der beweisen wollte, dass es Gott nicht gibt. Dass die Erde durch ein Zufallsprinzip entstand und all das Leben auf ihr durch ein Zufallsprinzip auf diese Erde kam und sich durch Evolution weiterentwickelte. Seine Theorie wurde durch die Vollkommenheit allen Lebens erschüttert. So etwas Perfektes, wie den Menschen, wie alle Tiere, wie alle Pflanzen kann nur ein Schöpfergott geschaffen haben!

Auf einmal ist Alexandra gepackt von all diesen Lebensbeichten und vergisst alles um sich herum. Und plötzlich wünscht sie sich, den Glauben an Christus zu haben, den auch Gary hat.

Skyline von Sydney

Dem Mann mit den strähnigen Haaren, der seine hässlichen Drohungen über Alexandra herunter regnen lässt, fällt Barnes nicht auf, der zwar seine Einkäufe tätigt, aber genau hinter den Regalen mitbekommt, was sich vorne abspielt.

Alexandra weiß immer noch nicht, welches Angebot sie auf seinen Vorschlag – auf seine Drohung - machen kann. Aber - da hat sie nicht mit Cliff Holbroke, so heißt dieser Mann, gerechnet. Er wird sich beides holen! Zuerst einmal Sex mit einer deutschen Fürstin, dann viel Geld verlangen dafür, dass er der Presse mitteilt, dass die gute Fürstin Alexandra doch nicht ums Leben gekommen ist!

Wer aber garantiert ihm, dass Alexandra noch morgen in diesem Supermarkt arbeiten wird?

Deshalb zahlt er gierig grinsend seine Ware und huscht nach draußen. Aber kurz vor Geschäftsschluss wird er wiederkommen.

Alexandra atmet auf Der gefährliche Mann ist draußen. Wie lange sie ihn wohl noch hinhalten kann? Plötzlich stockt ihr Atem. Dort – hinter den Regalen mit den Salatgurken und den Linsen – stehen Harro und Petra!

Meine Güte, wie kommen die dorthin? Alexandra fängt an zu zittern. Ihr bricht der kalte Schweiß aus.

„Hast du etwas zu trinken gefunden, Schatz?“, hört sie die ihr bekannte Stimme ihres Ex-Mannes.

„Ja, hier stehen Plastikflaschen mit Wasser!“, antwortet Petra. „Oder möchtest du lieber Fruchtsaft haben?“

Alexandra sieht die beiden. Eng umschlungen stehen sie vor den Regalen mit Mineralwasser. Sie sind total verliebt, das sieht man. Immer wieder küssen sie sich, berühren sie sich. Sie sind verrückt nacheinander. Ewigkeiten scheinen sie vor den Regalen zu stehen, sie beladen ihren Einkaufswagen mit Mineralwasser, Süßigkeiten und Obst. Sie genießen ihr Zusammensein und diesen Einkauf.

Zum ersten Mal seit Jahren betet Alexandra:

„Herr, wenn es Dich gibt – dann bitte hilf mir, dass sie mich nicht erkennen!"

Sie geht weiter ihrer Arbeit nach, tippt und scannt Waren – und auf einmal sieht sie, dass Harro und Petra verschwunden sind. Sie ärgert sich innerlich über ihre Angst, sie schilt sich, das nächste Mal besser die Nerven zu behalten.

Harro und Petra sind in Australien, genauer gesagt, in Sydney, und sie haben bei einer anderen Kassiererin ihre Waren bezahlt.

Die Überraschung über das Wiedersehen ist so groß, dass Alexandra den Strähnigen und seine Drohungen total vergessen hat. Cliff Holbroke, der in einem dunklen Hausgang nur darauf wartet, Alexandra blitzschnell zu überwältigen.

29. Kapitel: Feierabend

Jedoch wartet auch Barnes. Direkt in einer Seitengasse.

Es ist Feierabend. Alexandra schreitet nichtsahnend die Hauptstraße entlang in Richtung Hafen. Immer noch denkt sie an Harro und an Petra. Aber sie verdrängt diesen Gedanken. Harro – das ist Vergangenheit. Soll er doch mit Petra glücklich werden!

Der einzige Schmerz ist der Verlust ihrer Kinder. Aber wer sagt denn, dass sie nicht irgendwann einmal versuchen wird, mit ihnen Kontakt aufzunehmen? Spätestens dann, wenn sie volljährig sind.

Alexandra freut sich auf ihren Mann, ihre hübsche Wohnung - und auf ihr christliches Buch. Suzanne war heute wieder nicht bei der Arbeit erschienen. Wegen eines wichtigen Arzttermins, so hieß es.

Auf der Straße sind nur wenige Menschen unterwegs. Sie laufen etliche Meter vor Alexandra. Sie hat keine Zeit zum Denken, als plötzlich ein Schatten aus einem Hausgang herausschießt - und sie in die Dunkelheit zieht.

„Hab' ich dich, Fürstin!", hört sie die Stimme des Strähnigen, während ihr Blut zu Eis zu gefrieren droht.

Sie wehrt sich, schlägt um sich, aber er ist stärker. Sie versucht zu schreien, aber seine schweißgetränkte Handfläche presst sich auf ihren Mund.

Ihr Kopf knallt hart gegen eine Hauswand, und sie zuckt vor Schmerzen zusammen. Sie spürt Blut durch ihre Haare sickern. Seine starken Hände packen die ihren und pressen sie auf ihren Rücken. Und dann drückt er sie nach unten - sie spürt seinen üblen Atem in ihrem Gesicht, der Geschmack nach Bier und kalten Zigaretten.

Ihr Kopf schlägt auf den Steinboden - und der Schmerz verstärkt sich. Sie möchte schreien, weil sie merkt, wie er an seiner Hose herumfummelt und hastig den Reißverschluss öffnet. Jäh jedoch wird sie von einer Ohnmacht übermannt.

30. Kapitel: Wanderungen

Alexandra lernte Ali Ben Saba in einem Kaufhaus in Köln kennen. Sie suchte sich in der Damenabteilung ein Kostüm heraus, und er suchte das Kaufhaus-

Restaurant. Er fragte sie danach, und sie begannen eine Unterhaltung. Er beriet sie anschließend bei der Auswahl des Kostüms.

Sie trafen sich öfter. Ihre Liebe war wie eine Knospe, sie nährten sie, und bald wurde Leidenschaft daraus. Was hatte Alexandra auch zu verlieren – sie war geschieden, aber reich. Harro und seine Fürstenfamilie bezahlten dafür, dass es ihr gut ging. Und solange sie ihr Apartment verließ, solange sie sich unter Menschen begab, erschien sie in den Klatschspalten der Regenbogenpresse.

Der Presse entging es nicht, dass aus Alexandra und Ali Ben Saba ein Paar wurde. Ein hübsches Paar, die blonde Deutsche, und der gut aussehende Jordanier! Die Klatschspalten waren voll von Mutmaßungen über ihr Privatleben und über eine bevorstehende Heirat.

Alexandra hatte sich daran gewöhnt, wie ihr Privatleben an die Öffentlichkeit gezerrt wurde, Ali Ben Saba musste noch lernen, dass auch sein Leben öffentlich wurde.

„Wir sollten Urlaub machen – nur wir alleine", meinte er, als sie sich ein halbes Jahr lang kannten. Alexandra erinnerte sich noch an Davos, den Schweizer Kurort, der ihr immer schon gut gefallen hatte. Dort buchte sie ein Doppelzimmer für sie beide. Um die Presse zu irritieren und von ihren Spuren abzulenken, fuhren Alexandra und Ali Ben Saba über die Toskana dorthin. Sie landeten mit dem Flugzeug in Pisa, besichtigten den „Schiefen Turm" und fuhren mit dem Zug weiter nach Siena. Sie bummelten durch die Stadt und fuhren nach San Gimignano, einer Stadt, die Rothenburg ob der Tauber glich und in der man interessante Dinge kaufen konnte.

In Florenz stiegen sie in einen Schnellzug in die Schweiz und fuhren über Nacht nach Chur, Landquart und schließlich Davos. Alle Journalisten schienen sie unterdessen abgehängt zu haben, und sie fühlten sich sicher in einem Mittelklasse-Hotel in Davos im Hochgebirge. Mit dem Hotel mitten im Zentrum waren sie zufrieden, sie hatten auch Frühstück dabei. Zu Mittag aßen sie in verschiedenen Restaurants.

„Was für ein traumhafter Ort!", schwärmte Ali Ben Saba, als sie händchenhaltend am Davosersee entlanggingen. Alexandra lächelte, sie kannte Davos und gab Anregungen, was man alles unternehmen könnte.

Abends liebten sie sich stundenlang, sie konnten nicht genug voneinander bekommen. Sie genossen ihre Nähe und ihre Wärme.

An einem Tag fuhren Alexandra und Ali Ben Saba mit dem Zug nach Davos-Monstein, einem reizenden Dorf mit einer Brauerei.

An einem anderen Tag wanderten sie von Davos-Glaris nach Frauenkirch durch einen tiefen Wald und genossen ihr Alleinsein.

An einem Tag, als es regnete, fuhren sie mit der Bahn nach Klosters. Dort gibt es noch mehr ältere Schweizer Häuser (die in Davos leider mehr und mehr abgerissen wurden, um Hotels zu bauen), was ihnen gut gefiel. Sie bummelten an Geschäften entlang und aßen Schweizer Rösti (ein Kartoffelgericht).

Nachmittags fuhren sie mit der Bergbahn von Davos-Platz aus aufs Jakobshorn und wanderten von dort aus abwärts zur Ischalp. Die Wege waren recht steil und voller Geröll – ohne Wanderschuhe sollte man nicht ins Gebirge gehen. Sie hatten welche dabei, die recht gut waren. Von dort aus fuhren sie wieder mit der Bergbahn nach Davos-Platz.

Ihre Füße schmerzten, sie hatten Blasen, aber trotzdem gaben sie nicht auf. Am folgenden Tag fuhren sie wieder mit der Bergbahn aufs Jakobshorn und wanderten von dort aus zum Dorf Sertig ins Sertigtal. Diese Wanderung war angenehmer und nicht so steil wie die am Vortag.

Am vierten Tag wollten sie ein bisschen Erholung haben und wanderten ins Dischmatal. Das ist eines der Täler am Rande von Davos, an dessen Ende der Ort Dürrboden liegt. Das bedeutete eine lange Wanderung, die sie nicht auf sich nehmen wollten. Die Wanderung war bisher leicht gewesen, sie strapazierte nicht ihre Füße und ihre Blasen, aber sie wollten sich nach zwei harten Tagen ein bisschen schonen.

Nach einem guten Mittagessen in einem Restaurant im Weiler „Teufi" wanderten sie wieder zurück nach Davos-Dorf.

„Wir sollten noch eine andere Tour machen", schlug Ali Ben Saba vor und studierte die Bergkarte. Ein Gast im Hotel erzählte ihm vom Piz Linard und einigen Bussen, die dorthin fuhren. Der Piz Linard ist einer der vielen Schweizer Berge, steil und hoch.

„Ich weiß nicht, ich habe Angst", räumte Alexandra ein. „Ich bin total unerfahren im Bergsteigen. Ich habe gemerkt, wie sehr mich die Wanderungen der vergangenen Tage schlauchten. Leider bin ich zu untrainiert. Nein, auf den Piz Linard will ich nicht steigen!"

„Es gibt gute Führungen auf diesen Berg!", versuchte Ali Ben Saba sie zu beruhigen.

Es dauerte eine Weile, aber schließlich beschloss sie, den Berg gemeinsam mit Ali Ben Saba zu besteigen. Sie liebte ihn und sie wollte ihn nicht enttäuschen.

Also buchten sie eine Busfahrt mit einer Bergtour. Alles klang gut. Dummerweise jedoch hatten sie unterdessen einige Reporter entdeckt – Paparazzi, die Alexandra und Ali Ben Saba auf Schritt und Tritt verfolgten – selbst auf den Piz Linard.

31. Kapitel: Was nun?

Zaghaft öffnet Alexandra ihre Augen. Ihr Schädel brummt. Sie liegt in einem Bett. Wieder in einem Krankenhaus! Sie schüttelt den Kopf und weint.

Dann erblickt sie die beiden Männer – Barnes und Gary. Ihr wird warm ums Herz. Die beiden wichtigsten Menschen in ihrem Leben sind da!

„Was ist passiert?", haucht sie.

„Sie wurden angegriffen!", antwortet Barnes. „Man hat versucht, Sie zu vergewaltigen, aber ich konnte es verhindern."

„Warum passierte das alles?" Alexandra muss sich erst einmal sammeln. Im Traum erlebte sie wieder die Bergtour am Piz Linard – und plötzlich ist sie hier in einem Krankenhaus. „Wo bin ich?"

„Sie sind in einem Krankenhaus in Sydney – aber nicht für lange Zeit!" Barnes blickt ernst. „Es ist gefährlich geworden für Sie. Zu gefährlich. Ich kann das nicht mehr verantworten."

„Wie meinen Sie das?"

„Irgendjemand hat herausgefunden, dass Sie Alexandra Blauberg-Schön sind und bei dem Unfall in den Bergen nicht ums Leben kamen. Er heuerte einen Mann an, der Sie bedrohen sollte, um eine Story zu liefern, die man an diverse Zeitungen in der Welt verkaufen sollte. Alexandra, Sie sind bekannter als Sie denken – und als ich dachte..."

„Der Mann mit den strähnigen Haaren...", murmelt Alexandra.

„Er heißt Cliff Holbroke, sitzt gerade in Untersuchungshaft und wartet wegen versuchter Vergewaltigung auf seine Gerichtsverhandlung."

Alexandra nimmt einen Schluck von dem Wasserglas auf ihrem Nachttisch und blickt Gary an.

„Ich weiß alles", nickt er und lächelt. „Barnes hat mir alles erzählt."

„Es tut mir leid, dass du in die ganze Sache mit hineingerissen wurdest", versucht sie, sich zu entschuldigen.

„Aber nein", meint er sanft. „Heißt es nicht, dass Ehepartner in guten und in schlechten Zeiten zueinander halten sollten? Ich halte zu dir, weil ich dich liebe!"

„Und ich liebe dich auch!" Alexandra weint. Es ist schon lange her, dass sie jemandem diese Worte gesagt hat. Sie liebt ihn wirklich, ihren Gary. „Hat dir Barnes erzählt, was mir in den Bergen passiert ist?"

Gary nickt. „Und dass Ali Ben Saba, dein Freund, ums Leben kam..."

„Stimmt das wirklich?" Sie blickt Barnes an. „Sagen Sie mir endlich die Wahrheit. Was ist wirklich am Piz Linard passiert? Wollte man mich und Ali Ben Saba umbringen?"

„Nein, niemand wollte Sie und Ihren Freund umbringen. Das Ganze war ein Unfall, glauben Sie mir! Sie verloren Ihren Halt auf dem Berg. Ein Bergführer wollte Sie hochziehen, fasste Ihre Hand, aber sie entglitt ihm. Sie flogen vom Berg, Ali Ben Saba wollte Sie retten und sprang den Berg hinunter. Er stürzte ab und starb. Sie stürzten ab und überlebten."

„Warum aber musste ich nach Australien gehen, warum musste ich meine Identität ändern? Waren mein Ex-Mann schuld und diese blöde Petra?"

„Nein!" Barnes schüttelt den Kopf. „Ihr Ex-Mann und seine neue Frau haben damit nichts zu tun, glauben Sie mir. Die beiden meinen bis heute, dass Sie tot sind. Es gibt andere Menschen im Hause Blauberg-Schön, die die Fäden in der Hand haben. Sie, Alexandra, passten nicht in das Konzept des Fürstenhauses, und man wollte nicht, dass Sie mit einem weiteren Liebhaber die Ehre der Blauberg-Schöns in Schande bringen."

„Und deswegen bin ich hier. Und deswegen sind meine Kinder in Deutschland..." Alexandra lacht bitter. „Wem schade ich denn mit meinen Liebhabern? Warum gönnt mir niemand ein bisschen Freude?"

„Jeder gönnt Ihnen alle Freude der Welt, glauben Sie mir!" Barnes zupft sich an seiner Krawatte. „Aber die Blauberg-Schöns sind sehr konservativ – etwas altmodisch."

Alexandra schüttelt sich vor Ekel. „Dabei sollten sie mich jetzt sehen. Ich bin richtig bodenständig geworden! Eine anständige Arbeit, einen lieben Ehemann, ein bürgerliches Leben in Sydney."

„Ja, mit diesem Leben wird es vorläufig vorbei sein." Barnes schaut Alexandra sehr ernst an. „Sie sind hier in Australien vorläufig nicht mehr sicher!"

„Wie meinen Sie das?" Alexandra ist entsetzt. „Gerade hatte ich mich hier an alles gewöhnt – an Gary, an meine Arbeit, an Sydney."

„Ich meine, dass Sie all das auf unbestimmte Zeit aufgeben müssen", sagt Barnes bestimmt. „Es gibt Leute, die wissen, dass Sie – Alexandra von Blauberg-Schön – nicht tot sind, dass Sie in Australien sind, dass Sie in Sydney sind – und es ist nur eine Frage von Tagen, wann diese Information um die Welt gehen wird. Ihr Leben ist hier in Gefahr, Alexandra. Für Ihre Sicherheit werde ich bezahlt, deswegen muss ich Sie dorthin bringen, wo Sie sicher sind!"

„Gibt es keine andere Lösung?", fragt Gary, der sich bisher zurückgehalten hat.

„Ich fürchte, nein." Barnes schüttelt den Kopf. „Meine Leute und ich suchen gerade einen sicheren Platz für Sie aus. Wenn wir Genaueres wissen, werden Sie sofort Australien verlassen!"

„Und was ist mit mir? Kann ich nicht mitkommen?" Gary ist verwirrt. „Ich möchte bei meiner Frau sein!"

„Vielleicht – vielleicht auch nicht. Ich will nicht sagen, dass Alexandra nie wieder nach Australien zurückkehren wird. Vielleicht wird sie es tun, wenn die Lage dort wieder sicherer für sie ist."

Gary ist schockiert über Barnes' Antwort. Da hatte er erst eine Frau gefunden nach langer Suche – und nun muss er sie wieder aufgeben!

„Nun machen Sie nicht ein solches Gesicht!" Barnes legt Gary beruhigend die Hand auf die Schulter. „Sie haben Ihre Frau nicht verloren! Sie sagen einfach zu Ihren Bekannten und Verwandten, dass Ihre Frau zu Besuch zu ihren Verwandten in die USA gereist ist. Und wenn die Luft rein ist, können Sie Alexandra in Ihrem Urlaub besuchen – vielleicht auch für längere Zeit. Dazu müssten wir allerdings eine Arbeitsstelle für Sie in dem Ort finden, in dem Ihre Frau ist. Wir können nichts versprechen, aber wir werden uns bemühen."

„Ich muss alles erst mal verdauen!" Alexandra legt sich in die Kissen zurück. „Noch einmal von vorne anfangen – und wieder ganz alleine!"

„Wer sagt denn das? Ich kann dir doch schreiben, oder?", fragt Gary.

„Ja, Sie können Alexandra Briefe schreiben. Mein Büro und ich werden die Briefe an Alexandra weiterleiten. E-Mails und Mitteilungen per Smartphone sind verboten. Wissen Sie, Herr Sheringham, wir dürfen Ihre Frau nicht in Gefahr bringen."

„Ja, ich habe alles verstanden. Aber gibt es keine andere Lösung, eine weniger drastische Lösung?" Gary schaut verzweifelt von Alexandra zu Barnes.

„Sie können um eine Lösung beten!", antwortet Barnes. „Ja, ich meine es ernst. Sie sind Christ, fragen Sie Ihren Herrn und Heiland."

„Warum tun wir es nicht gemeinsam?", meint Gary kühn. „Heißt es nicht, dass ein Gebet wirkungsvoller ist, wenn zwei oder drei zusammen sind? Wir sind jetzt drei Personen."

„Ja, lasst uns beten", antwortet Alexandra.

Gary und Barnes schauen sie überrascht an.

„Ja, ihr habt richtig gehört!" Alexandra bleibt beharrlich. „Ich will Jesus Christus als Herrn und Heiland in mein Leben aufnehmen! Ich will nicht mehr ohne Ihn durchs Leben gehen. Und ich brauche Ihn gerade jetzt ganz besonders."

„Das ist ja eine wunderbare Entscheidung!" Gary ist fasziniert. „Wie sieht es mit Ihnen aus, Barnes? Beten Sie mit uns?"

„Warum nicht?" Barnes lächelt.

Sie beginnen zu beten.